讓笨蛋登上舞台吧！4

逢賭必輸的賭城風雲

為美好的世界獻上祝福！EXTRA

Kadokawa Fantastic Novels

讓笨蛋登上舞台吧！4

為美好的世界獻上祝福！EXTRA

逢賭必輸的賭城風雲

CONTENTS

愛麗絲
達斯特
蕾茵
惠惠

author
昼熊
illustration
憂姫はぐれ
原作 暁 なつめ
角色原案 三嶋くろね
為美好的世界獻上祝福！
EXTRA
讓笨蛋登上舞台吧！
4
逢賭必輸的賭城風雲
Kadokawa Fantastic Novels

Character
琳恩
職業 魔法師
達斯特的隊友。同時也被大
家當作老是引發麻煩事件的
達斯特的監護人。
達斯特
職業 戰士
在阿克塞爾似乎是個小有名
氣的冒險者。有著奇妙的傳
聞，但沒人知道真相為何。
芸芸
職業 大法師
雖然是個能力貨真價實的魔
法師，不過基本上都是單獨
行動。
蘿莉夢魔
職業 店員
為男性冒險者們提供極品美
夢的夢魔店店員。個性非常
容易隨波逐流。
阿克婭
職業
大祭司
達克妮絲
職業
十字騎士
惠惠
職業
大法師

序章

我跟小鬼在像是設置於地底下的賭場內相對而坐。

一旁放滿了各式各樣的賭博道具。

小鬼身後站了一排全副武裝，實力堅強的護衛。只要稍有閃失，應該馬上就會被他們制伏在地吧。

我似乎也有點緊張，一直下意識地撫摸我的愛劍。

穿著一條內褲坐在牆角的泰勒乖乖待在那裡不動，但另一個只穿內褲的男人奇斯卻在鬧彆扭。

琳恩想盡辦法要掩蓋自己那身跟內衣沒兩樣的打扮，躲在蘿莉夢魔身後，視線卻緊盯著我不放。

待會兒我必須跟眼前那個小鬼進行一場終極對決。

雖然只要取勝就沒事，但要是輸了……

我簡單說明規則之後，小鬼似乎接受了我的提案。

「好。抽一張就行了吧。」

那個囂張至極又愛裝大人的屁孩選了一張牌。

他絲毫不認為自己會輸。對賭博似乎充滿自信。

我也伸手準備取牌，卻在那之前產生了猶豫。

周遭忽然變得鴉雀無聲，於是我有些在意地往旁邊一看，只見蘿莉夢魔緊閉雙眼，做出了祈禱動作。

我也想學她向神祈禱看看，但這麼做不是我的作風。

「都見過本人了，向祂祈禱說不定有效……但還是算了。」

我仔細盯著排在眼前的十二張牌。

鎖定其中一張牌後，我伸出了手。

老實說，我心中滿是忐忑，但也只能相信我的狗屎運了——

「我選這張！」

我也決定卡牌後，王子輕輕地點了點頭。

「就由我先翻牌吧。行嗎？」

「你先請。」

我雖然馬上給出答案，但放在卡牌上的手心卻沁出了汗。

看來事到如今，我還是相當緊張。

為了稍微滋潤乾渴的喉嚨，我嚥了嚥口水。

沒問題，沒問題。

我只能對自己如此喊話，並仔細看著眼前那張被對手翻開的牌。

對手緩緩翻過的牌面數字是——

第一章 木頭人也迎來了春天

1

看到在冒險者公會裡直盯著女人屁股的奇斯，以及又在啃蔬菜棒的琳恩後，我便加快腳步走近。

我今天又感受不到錢包的重量了，所以想叫這兩個人請我吃午餐。

「嗨～～奇斯，你今天看起來比平常更帥氣呢。哇～～受歡迎的男人氣場就是不一樣，借點錢來花花吧。」

「……你的拍馬屁技術還要再多練練才行。」

奇斯托著腮幫子，一臉傻眼的模樣。

看樣子作戰失敗了。應該是我用錯字眼了吧。這種露骨的謊言跟現實相差太過懸殊，才會被一眼看穿。

算了。還有另一頭肥羊。

這次就用符合現實的讚美吧。

「哦！琳恩今天心情好像不錯喔，皮膚也超級彈潤呢。是不是大出來了？妳最近好像有便祕的困擾——」

「『Lightning』！」

「唔喔喔喔！」

好險……我在千鈞一髮之際，閃過了琳恩代替回答的那道電擊。

閃電沒打中我，竄出敞開的窗戶飛向天際了。

「混帳，不要忽然擊發魔法啦！」

「是你的問題吧。幹嘛對正在吃東西的女孩子說那種話。」

「不好意思，麻煩不要在公會裡使用魔法好嗎？」

我和琳恩互瞪著彼此。這時小心翼翼地開口打斷我們的人，正是在冒險者公會的櫃檯小姐中最受歡迎的露娜。她那對豐碩無比的巨乳，今天也晃個不停。

「哦，再繼續說啊！既然是巨乳大人的箴言，她說不定會聽進去喔！快說吧！區區一個平胸女，不准反抗巨乳大人！」

「這傢伙……下次我一定會打中你。不好意思，我在擊發之前，有先估算過不會對公會造成損害。」

閃電之所以會從窗戶飛出去，不是單純的巧合，而是如她所料嗎？

「那就好。」

「好個屁！不要接納她的說詞啦！要是我剛剛被打中了，搞不好會讓一個值得信賴的冒險者終身癱瘓喔！這對公會來說是一大損失吧！」

「咦？達斯特先生的武力確實很高強，但跟你引起的禍端相抵的話……我還覺得互相抵消已經很划算了呢。」

她不以為然地說出驚人之語。

「而且打中我的話，周圍的桌椅都會壞掉耶。琳恩，到時候妳就得付賠償金嘍。」

「因為我相信達斯特會躲開呀。」

不要看著我擺出雙手合十祈禱的姿勢。

「妳根本不這麼想吧……」

「總而言之，兩位要吵架的話，麻煩請移駕到室外。」

說完，露娜就回去工作了。

……既然是冒險者公會職員，應該要出手制止吧。

「所以，你們要借我錢還是請我吃飯？選一個吧。」

「在這種情況下，你還覺得我們會請你吃飯嗎……」

「你跩什麼啊？」

「哼！爽快地請我這個隊長吃頓飯，你們就能確保小隊中的立場啊。如果夠誠懇，我還可以任命你們當副隊長喔。」

聽我一臉帥氣地說完，兩人同時嘆了口氣。

這是什麼反應？

「你現在沒喝酒也會耍酒瘋了嗎？之前就決定隊長是泰勒了吧。你忘了嗎？」

「達斯特是隊長的話，我們老早就解散了。」

「……咦？這話是認真的嗎？我達斯特大人才是這個小隊裡真正的可靠隊長吧！」

這番意想不到的說詞，讓我不禁啞口無言。

接受委託和領取報酬這些事，確實是由泰勒負責，但他只是幫我處理各種瑣事而已吧？因為很方便，我就讓他暫代隊長一職，把雜事全丟給他做。

「才沒這回事。讓你當上隊長，就跟自殺志願者沒兩樣。」

「你只能在監獄裡稱王吧。」

「說得太狠了吧！哈，那我們那位可靠的隊長大人是跑去哪裡了啊！居然在重要的會議中做出如此失職的事！」

我用力拍響桌面，環顧著四周大吼出聲。

「這種無聊的對話，算哪門子會議啊。」

泰勒平常都會第一個到公會確認委託，偏偏今天卻不見蹤影。我用雙眼搜遍了公會的每一個角落，卻沒看見他的身影。

「對了，泰勒最近是不是很忙啊？感覺很少待在公會裡。」

「……經你這麼說才發現，我雖然常常遇到奇斯和琳恩，卻好幾天沒看到泰勒了……」

在奇斯開口之前，我都沒發現這件事。最後一次見到那傢伙是幾天前的事了？前幾天好像有看到他跟某個人在一起，又好像沒有。當時我喝得酩酊大醉，記憶很模糊。

「泰勒很忙啦，跟你們不一樣。」

琳恩看著我們，露出一抹壞心的笑容。剛剛那句耐人尋味的發言是怎麼回事？

「什麼意思？琳恩，妳知道泰勒為什麼這麼忙嗎？」

「你們果然沒發現啊。」

「喂喂，什麼事啊？不要私藏祕密，告訴我們嘛。」

「就是嘛。夥伴之間不能有祕密。」

聽到奇斯說的話，我的肩膀震了一下。

我還以為他在說我，身體忍不住起了反應。未來的某一天，或許就得將我的祕密告訴他們才行。

……不過這是兩碼子事！我無論如何都要問出泰勒的祕密。

「他最近好像跟一個冒險者走得很近。是女孩子。」

聞言，我默默地和奇斯互看一眼。

只見他皺緊眉頭，一臉不悅。我大概也是同樣的表情吧。

「嗯～～得把耳朵清乾淨才行了。居然聽見了奇怪的幻聽。」

「達斯特也是嗎？可能有顆大耳屎堵住耳朵了呢。」

我們不約而同地挖了挖耳朵，並重新看向琳恩。

「麻煩妳再說一次。」

「他好像跟可愛的後輩女冒險者走得很近。」

「「……啥啊啊啊啊啊啊！」」

這句不可置信的話語，讓我發出了驚叫聲。

那個木頭人泰勒，居然有女人了！

「開什麼玩笑！他可是以拘謹還有對女人無感著稱的泰勒耶！如果是奇斯有女人，那還說得過去！」

「我可不記得泰勒有那種稱號。」

「不不不，給我等一下。太奇怪了吧！要是連泰勒都有桃花，那我怎麼辦！達斯特也時不時會跟女人扯上關係，難道只剩下我了嗎！」

我和奇斯都抱頭驚聲尖叫，琳恩卻冷冷地看著我們。

其中一個夥伴可能要背叛我們了耶！她會不會太冷靜了？

「琳恩，妳怎麼可以滿不在乎啊？單身同盟說不定要分裂了耶。」

「我不記得自己有加入那種同盟，但我覺得很好啊。要是有人願意跟你們交往，我可能會覺得對方腦子有問題，但如果是泰勒就能理解。」

「最好是能理解啦！那傢伙嚴肅又不討喜，如果要從我跟他之間做選擇，大部分的女人應該都會選我！」

奇斯說得口沫橫飛，我決定幫他多說幾句。

「就是說啊！不管怎麼想，我們都比泰勒受歡迎吧！你們說對不對！」

我知道附近的冒險者們都看著這裡偷聽我們講話，就轉過頭去質問他們。

「哪有。不管怎麼想，都是泰勒比較優質吧。」

「少來了。如果要跟奇斯或達斯特交往，我不如加入阿克西斯教。」

「嗯嗯。連哥布林都比你們誠實。」

這、這些人還真敢說……

原先保持沉默的人，也都趁勢對我們發出批判和埋怨。

在後方聽見這番話的公會職員們更是頻頻點頭。

「你們這些傢伙！剛剛說要加入阿克西斯教是吧？我會把這件事轉告宴會祭司，給我走著瞧！奇斯，不要不講話，你也罵幾句回去啊！」

「我們的評價居然差到這種地步……」

啊，奇斯跌坐在地，真的灰心喪志了。

我也覺得很受傷，但受到的打擊沒有奇斯那麼嚴重。

可能是最近被芸芸和蘿莉夢魘痛罵的機會變多了，我也培養出耐受力……真讓人高興不起來。

不過，這些傢伙真敢大放厥詞啊。好，我就假藉袒護奇斯的名義，威脅他們狂敲一筆。

「你們看，奇斯都哭了！你們這些人還有良心嗎！一群可惡的壞蛋！要是覺得愧疚就借我錢，或是請我吃飯！」

我緊擁著可憐兮兮的奇斯，如此吼道。

我原本想喚起眾人的良心，沒想到大家竟然同時——

「「「「哈！」」」」

對我嗤之以鼻。

「借錢不還就算了，還想借更多的傢伙才是壞蛋吧。」

「而且逼你還錢，居然還會惱羞成怒。快點還我！」

「之前你冒用我的名義騙了警察對吧！」

可惡，叫罵聲越演越烈。

這下情勢對我不利。不把話題支開的話，過往的惡行會接二連三被翻出來。

「別、別說這些了。有人知道跟泰勒走得很近的那個女人是誰嗎！」

我用足以壓過辱罵聲的音量大吼一聲後，大家暫時都靜了下來。

有些頭緒的人們，開始嘀咕著「喔喔，是她啊」、「之前有見過」之類的話。

「雖然不太清楚，但泰勒最近確實帶著一個新手冒險者，還會傳授她一些冒險者的心得。畢竟那傢伙很會照顧人，又是個好好先生嘛。」

在這個公會資歷頗深的一名冒險者，摸著下巴這麼說道。

可能是受到這句話的啟發，其他人也陸續說出目擊過泰勒和女冒險者在一起的證言。

「真的假的……該死，他也太見外了吧。既然是夥伴，就該先跟我們說一聲啊。對吧，奇斯？」

我將話題丟給奇斯，結果他維持抱膝而坐的姿勢，就這麼往一旁倒去。

「我已經無所謂了……」

不行，他受到的創傷比想像中還要嚴重。暫時派不上用場了。

「算了啦。既然如此，你就別插手了。」

「王八蛋！我們家的寶貝隊長可能有女人了耶。身為同伴……得獻上祝福才行嘛。嘻嘻嘻嘻。」

「不要露出那種邪惡的表情啦。我真是對不起泰勒。」

我要好好評估一下，對女人一竅不通的泰勒眼光有沒有問題。得蒐集一些情報，看看對方配不配得上我們隊長大人。

既然是新手冒險者，向公會職員打聽應該比較快，但我不認為他們會向我透露個資。這樣一來，只要問問熟知公會謠言和情報的人就行了。

我心裡已經有人選了。那傢伙待在公會裡的時間，應該是繼職員之後最長的。

2

「嗨，芸芸。有些事想問問妳這位孤傲之巔。」

剛才芸芸難得不在公會裡，這時才在除了我之外無人察覺的狀況下走進冒險者公會。於是我上前向她搭話。

「身為紅魔族，雖然對這有點帥氣的稱號略為心動，但我不會上你的當。就算你下跪乞求，我也不會借錢——」

「我今天不是要借錢。如果妳願意借，我也隨時歡迎啦。不說這些了。關於泰勒的傳言，妳知道些什麼嗎？」

「啊，泰勒先生嗎！難道是指最近跟他走得很近的那個冒險者？」

芸芸的聲音聽來很雀躍，因為她很喜歡戀愛話題。明明自己沒有異性緣，卻對別人的愛情故事一頭熱。

「沒錯。畢竟那傢伙沒有戀愛經驗，我擔心他會被奇怪的女人所騙。如果妳知道些什麼，希望妳能告訴我。再瑣碎的小事都沒關係……琳恩是這麼說的。」

「琳恩小姐嗎？」

她對我可能會起疑心，但只要搬出琳恩，那就另當別論。

琳恩最近常跟她接觸，聊天的機會也增加不少。如果是她的要求，渴望朋友的芸芸應該比較容易鬆口。

「是啊。站在夥伴和朋友的立場，琳恩很擔心泰勒會掉進壞女人的圈套，小到不行的胸口都隱隱作痛呢。若妳能提供任何寶貴的情報，她一定會感恩在心～」

「儘管問吧！我會知無不答！」

芸芸喘著粗氣湊上前來。幸虧這傢伙很好操控。

「聽說是個女的新手冒險者，這是怎麼回事？」

「我想想，約莫是兩週前吧。在那之前，我從來沒在公會裡見過那個人。之後她就常常過來看委託，同時觀察公會的內部情況。」

「觀察？」

「嗯。如果是新手冒險者，說不定能跟她交個朋友，所以我一直盯著她看，肯定不會有錯。她好像很緊張，總是用熱切的眼光看著每個冒險者。」

新手冒險者能意氣風發地踏進公會當然很好，但大部分都會表現出擔心猶疑的模樣。光是想像芸芸一直在觀察擔心受怕的新人，就覺得有點噁心。但我還是別說得好。

「大概是一週前左右吧，泰勒先生和那位新人一起回到公會。我坐在附近，就聽見他們的談話……啊！我沒有偷聽的意思喔！我不會做出那種失禮的舉動！」

「那種事無所謂啦。重要的是談話內容。他們應該沒有卿卿我我地聊下流的話題吧？」

「他又不像達斯特先生。嗯～～好像是那位新人獨自打怪的時候，被泰勒先生出手相救，他就趁這個機會，傳授新人一些冒險者的心得。泰勒先生好溫柔呀。」

原來如此。畢竟那傢伙很熱心嘛。

他應該沒辦法放著新人不管吧。

這麼一來，感覺只是單純的師兄妹而已。看來是我貿然對他心生妒忌了。

「是前後輩關係啊。也不至於到不可饒恕的地步啦。只要之後介紹給我認識就行。」

「你為什麼擺出高高在上的態度啊？不過，我看那位新人的眼神，好像完全迷上泰勒先生了呢。那是墜入愛河的少女的眼神！」

「……不是對前輩冒險者的仰慕之情而已嗎？」

「嗯～～我覺得沒這麼單純……」

愛上泰勒的少女啊。

不、可、饒、恕。

那位新人大概不曉得公會裡還有像我這種更加優質的冒險者，才會一時鬼迷心竅，誤以為偶然出手相助的泰勒是個好男人吧。一定是這樣！

「你怎麼啦？幹嘛咬著嘴唇？」

「順帶一提，那個新人的長相如何？」

「是有著一頭亮麗黑長髮的大美女喔。而且明明很纖瘦，卻有前凸後翹的好身材！」

「我要殺了他！」

「怎、怎麼突然說這種話！」

不小心說出真心話了。

該死的傢伙，竟敢獨占前凸後翹的美女大姊姊。我身邊盡是些胸前貧脊的女人，唯一發育良好的，卻是個邊緣人小鬼頭。

「你在看哪裡啊。我要告你性騷擾喔！」

芸芸用手遮住胸前，我不以為然地冷哼了一聲。

既然如此，我就要直接跟那個女人見面，灌輸一些有的沒的，扯泰勒的後腿。

「好，開始調查吧！芸芸妳也一起來。反正妳一整天都自己玩，應該很閒吧。」

「才、才沒有很閒呢。但我很在意這件事，就陪你一起去吧。」

要不要找琳恩一起去呢？雖然瞬間閃過這個想法，但那傢伙應該會出手妨礙，於是我打消了這個念頭。至於奇斯……他已經癱死在地，我看還是別管他了。

3

我們立刻就查出了泰勒跟新人的行蹤。因為芸芸一問，露娜馬上就告訴她了。我問的時候明明什麼也不肯說……

他們似乎接了簡單的怪物討伐委託，地點離阿克塞爾城外不遠。兩人感情這麼好，還出遠門了。

「因為冒險而萌芽的愛情，真是美好呀。」

「妳在說什麼？怎麼可能會有那種事呢？討伐怪物可是要賭上性命的，豈能用那種輕浮的心情迎戰！要是稍有不慎，可能會賠上小命啊！」

「……真心話是什麼？」

「我也想手把手地教導美女大姊姊！這樣一來，就算趁手碰到胸部時輕輕揉個幾下，她也不會生氣吧？」

我忍不住老實回答。只見芸芸半瞇著眼，冷冷地凝視著我。

唔，不小心中了誘導詢問的陷阱了。

「達斯特先生，你真——的無藥可救了……啊，他們在那裡！」

「可惡，還真的是個超級大美女。」

我把大聲嚷嚷的芸芸拉到大樹旁的陰影處。

我們從樹幹旁探出頭來，偷窺那兩人的一舉一動。

泰勒似乎沒有發現。只見他站在新人面前，一邊與怪物對峙，一邊熱心地說了些什麼。

那個女孩的外貌就像先前打聽到的那樣，有著一頭黑色長髮，胸臀也豐滿到極點。

聽說她是新手冒險者，我還以為年紀會更輕一點，但她看起來幾乎跟泰勒同年。

敵人只是一隻哥布林，我們應該不必出手幫忙。再往他們靠近一點好了。

我緩緩穿過林蔭之間，與兩人拉近距離。

「在這邊應該就聽得見聲音吧。」

「如果正在進行愛的告白怎麼辦！」

不要陷入妄想，興奮地狂打我的背好嗎？被他們聽見的話怎麼辦？

照這樣看來，泰勒似乎很認真地在指導新人如何打敗怪物。

「如果像十字騎士一樣防禦力很高的話，就能像這樣負責引開敵人。但妳跟達斯特一樣是個戰士，還是將心思放在提高速度上，閃避敵人攻擊比較好。」

「好的，我明白了，泰勒師父！」

喂喂，居然叫他師父啊。

雖然泰勒不可一世地點了點頭，表情看起來也是挺高興的嘛。

「怪了，只是在認真打鬥而已耶。」

「畢竟是木頭人泰勒嘛，跟男女情愛這種事扯不上邊啦。我始終堅信他們只是在認真打怪。」

「……剛剛不是還說要殺了他？」

「妳的邊緣指數是不是又惡化了？居然會出現這種自我感覺良好的幻聽。」

「這、這個人真是……」

芸芸似乎想出言辯解，但我沒理她，繼續觀察那兩人的動靜。但泰勒只是在傳授打倒怪物的方法，以及冒險者的心得而已，一點意思也沒有。

原先在一旁投以熱切目光的芸芸，似乎也覺得不如預期。一看就知道她越來越沒興趣。

「辛苦了。休息一下吧。」

「好！」

對泰勒百依百順的新人，從背包中取出一張墊子鋪上地面後，兩人便在上頭並肩而坐。

光看兩人和樂融融地品茶的畫面，感覺只是感情要好的朋友。

「往後應該不需要我繼續指導了。去找個同等級的夥伴比較好。」

「咦？好……說得也是。再這樣下去，也會給泰勒先生添麻煩。」

「沒、沒這回事啦。」

看到新人悲傷地低下頭，泰勒連忙打圓場。

這股幾乎要蔓延至此的酸甜氣氛……真讓人不爽。

「他們果然對彼此有意思！看看那個寂寞的側臉！……你、你幹嘛突然脫衣服！」

「我要全裸衝出去，破壞那股令人作嘔的甜蜜氣氛！」

「快住手！老老實實地祝福夥伴的愛情吧！」

「我拒絕！別人的幸福只會讓我火大！跟女人扯上關係更火大！」

「太、太差勁了！我不會讓你妨礙他們的愛情！如果你非要這麼做，就先打倒我再說！」

芸芸張開雙手阻擋在我面前，一副隨時要發動魔法的模樣。

明明不關她的事，這傢伙卻能馬上感同身受。如果善加運用這種性格，確實很容易操控，但在這種狀況下只是個燙手山芋。

「哈！很遺憾的，妳早就掉進我的圈套了。」

「我才不會被那種虛張聲勢的發言所騙。這次我也沒在跟你開玩笑！」

「太天真了。妳覺得這樣大聲嚷嚷，他們不會聽見嗎？」

「啊！」

事到如今，她才慌張地用手摀上嘴巴，但已經太遲了。

我們講得這麼大聲，無論如何都會被他們發現。

我被轉過頭的芸芸擋住看不見後面，因此我把她推到一旁，窺看泰勒他們的模樣。

結果該處早已沒了人影。

「居然趁我跟芸芸鬥嘴的時候轉移陣地！可惡，他們跑去哪裡了？」

「啊，等一下！不准妨礙他們！」

我用盡全力往前衝，甩掉拚命想跟過來的芸芸，同時在附近四處搜查，結果完全找不到那兩人的蹤影。

他們應該回去阿克塞爾了吧？

「該死！既然如此，我就照原定計畫，直接跟那個女人狂說泰勒的壞話！」

雖然芸芸從遠處往這裡跑來，但還是裝作沒看見，直接回去阿克塞爾吧。

4

回到阿克塞爾後，我先來到冒險者公會。往裡面一看，卻沒看見泰勒跟新人的蹤影。

奇斯還趴在桌上一動也不動，琳恩隔著桌子坐在另一頭。既然泰勒沒跟他們坐在一起，就表示他們還沒回來公會。

好了，接下來該怎麼做呢？假設他們去吃飯，應該就會經過那條大街。那就去跟大叔打聽看看吧。

「不、不要把我丟在後頭好嗎！」

芸芸上氣不接下氣地抓住我的肩膀。

被她追上了。

「沒辦法，我們就去雜貨店一趟吧。」

要甩開她也挺麻煩的，不如帶著她一起去。

「事情就是這樣，你有看見泰勒嗎？」

「他今天沒有過來。小姐，你怎麼還跟他混在一起啊？這傢伙是個徹頭徹尾的人渣，我勸妳還是不要再跟他有往來比較好。」

「說得也是……」

不要一臉認真地煩惱這種事啊。

來到設立於大街上的雜貨店後，我問大叔有沒有看見泰勒，但他毫無頭緒。

「喂喂，你是不是沒在工作，在後面打混摸魚啊？」

「那又怎樣，這是我的店，你沒資格批評我。不過，在他身邊的是個黑色長髮的大美女吧？」

「對啊。胸部跟屁股都超級豐滿的大美女。你有印象嗎？」

「前幾天有個沒見過的客人，來這裡出售貴重金屬跟裝備。本來以為只是巧合而已，但跟你說的特徵滿吻合的。」

大叔歪著頭，說了些奇怪的話。

「能不能說詳細一點？」

「大概是四天前吧。有個客人拿了價值不斐的戒指、裝飾品，以及尺寸不一的男性鎧甲和長劍過來。雖然很多人會拿單品來賣，但我第一次遇到帶了這麼多不成套的道具來賣的客人。而且還是這附近從沒見過的大美女，所以有點印象。」

……來賣東西？

很多冒險者不會在這間店購買新品，而是二手貨。畢竟新人沒什麼錢，收購二手武器防具還算情有可原。

但她卻拿來出售。感覺越來越可疑了。

「當時有沒有哪裡怪怪的？」

「畢竟我也不想收購贓貨，所以就請她提供身分證明文件，結果她出示了冒險者卡片。因為沒什麼可疑之處，我就跟她收購了。」

「怎麼回事……難道她是為了得到可以證明身分的文件，才會成為冒險者……」

「呃，請問，這件事是不是有點蹊蹺？」

芸芸也發現那個新人很可疑了。

「喂，怎麼了？難得看你這麼認真沉思。是想到新的詐騙方式了嗎？」

「什麼跟什麼啦！哎喲，沒時間跟臭老頭繼續瞎扯了。再會。」

「喂、喂！居然說走就走……」

「抱歉，打擾你了！等等我嘛～～」

芸芸似乎在我背後說了些什麼，但我沒理她，直接走上大街。

看來這件事值得一查。

我一點都不擔心泰勒。但如果那女人是個罪犯，逮住她再交給警察的話，說不定能拿到一筆獎金。

雖然不清楚她是從哪裡拿到貴重金屬和裝飾品，但賣掉賺了一筆錢之後，就一定會去那些地方。

不是賭博、酗酒，就是玩女……不對，她也是女人，應該不會去玩女人才對。既然如此，應該是去購物吧。

先到我常去的賭場看看好了。

5

久違來到賭場後，我就被入口處那名凶神惡煞的圍事攔住了。

「喂，沒看到這行字嗎？」

我循著他那大得離譜的手指看去，發現該處貼了一張紙——

『本店謝絕會滋生事端的沒錢顧客。嚴禁達斯特入店。』

上面寫著這行字。

「你這次又闖了什麼禍？」

「哪有啊。怎麼回事？你知道我在這裡砸了多少錢嗎？我是貴客吧！」

「話是沒錯，你的賭博技術奇差無比，從來沒贏過。但你不要輸光後就找贏錢的客人蹭飯！也不要搭訕我們的女荷官！」

「大賺一筆的人出錢請客，金錢才能公平又順利地流通啊。這就是經濟好嗎！而且，看到美女就上前搭訕，是一種禮貌吧！」

「之前你偶然賭贏一次，不是一個人獨占獎金，還馬上就衝出去了嗎？我們家荷官也抱怨過『拜託處理一下那個拚命倒貼的噁心小混混』。」

這是什麼爛店啊。我再也不會光顧了！

賭到一半的時候，那個荷官還用嬌媚的聲音說「達斯特先生一定能獲勝」這種話，逼我砸下重金豪賭一把耶。

「而且最近有個傢伙跑來大鬧賭場，我們都快忙不過來了，根本沒空理你。」

「什麼意思？」

「有個女人在阿克塞爾的賭場到處撈錢，我們也遭殃了。好幾個客人都賠上了鉅款和裝備呢。」

「……能不能把那個女人的事情說得詳細一點？」

「幹嘛跟你說啊……算了，我就告訴你吧。如果看到她就跟我說一聲。最近出現一個賭藝高強的女人。因為她從沒輸過，感覺像是在耍老千，但卻搞不懂她的手法為何。不過看她的手法不像外行人，我們懷疑她可能是同業。」

聽完那個女人的手段，以及更詳細的情報後，我們離開了賭場。

隨後，我們又去了好幾間賭場，進行大同小異的對話，收集到各種情報。還順便從認識的冒險者口中問出了一些端倪。

「啊～～朋友的朋友好像被扒得一點也不剩，還獻上了為數不多的所有存款。她的話術超強，還動用女人的武器，光是回想起來就讓我火冒三丈……你說朋友的朋友就是我自己？說、說什麼傻話！這、這怎麼可能啊，咕哈哈哈哈……唉……」

「那個女人啊……明明是她主動湊過來的，居然還跑去跟別的男人搭話。我逼問她之後，她卻對我說『跟我賭一場吧。誰贏了，我就跟誰交往。如果我輸了，可以對我為所欲為，當作我的賠禮。』這種求之不得的好事，只要是男人就會上鉤吧！吶，你懂我的心情嗎？是男人就會跟她賭一把吧！」

「聽到她淚流滿面地說妹妹為病所苦，多多少少會想幫她籌錢吧？不、不過，我確實起了一點色心，以為可以藉機跟她培養感情……」

集結這些受騙上當的蠢貨所提供的情報後，我終於知道傳說中那個大鬧賭場的女人是誰了。肯定就是把泰勒尊為師父的那個新手冒險者。

看樣子，除了泰勒以外，她還跟好幾個冒險者走得很近，讓他們掏出大把金錢和貴重金屬。還會依據對象不同改變作案手法，行徑非常惡劣。

有人被她那豐盈欲滴的身材和性感所迷惑，也有人被家人陷入不幸的苦肉計所騙。

上當的那些人的確很蠢，但她的所作所為就是詐欺的勾當。

再用詐騙得手的錢財，狂買高價的服飾和寶石。

「那個新人是個超級壞女人呢。」

「不會吧……她看起來非常老實耶。」

「不能單憑外表判斷一個女人。酒店的大姊姊就會盡其所能地讓客人掏錢，把他們的錢包榨乾之後，就扔到一邊去喔。不過，這個情勢發展真是出乎我的預期。好了，這下子要怎麼辦呢？」

原本只是想隨便干擾一下他們的戀情，沒想到女方卻大有問題。

「該怎麼做呢？還是告訴泰勒先生比較好吧？說不定他會跟其他人一樣被詐財。」

只要向泰勒揭發新人的祕密，事情就能落幕了。可是……

「說了又能怎樣？中了那種女人的圈套，是他自己不好。就算泰勒被敲詐一筆，也是自作自受。」

「怎麼這樣說……你們不是夥伴嗎……」

「不過，把得意忘形的傢伙翹得老高的鼻梁骨狠狠打斷，感覺很有趣呢。妳不這麼認為嗎？」

這麼做絕對不是為了泰勒。那個女人從一群笨蛋手中騙走一大筆錢，還為此沾沾自喜。如果反過來將她一軍，感覺也不賴。

既然要拐騙壞女人，就不必手下留情了。

6

「小姐，請留步。沒錯，這位有著亮麗黑髮，以及讓人想狠狠擁入懷中的惹火身材的小姐，就是妳。」

「啥？在說我嗎？」

懶洋洋地這麼回話的女人，就是那位新手冒險者。

這種愛理不理的態度，跟和泰勒在一起時判若兩人。

「正是。妳似乎深受幸運之神的眷顧，讓老夫有些在意，忍不住就開口喊住妳了。」

之所以用這種老人的口氣說話，是有原因的。

現在我貼上了白色假鬍子，戴著一副圓眼鏡。

還打扮成占卜師的模樣，守在女人經常出入的服飾店旁的道路上。

「哦？幸運之神啊。這麼說也對，你很有眼光嘛。好啊，我身上有錢，就給你占卜一下吧。」

「非常感謝妳。來，請坐。」

女子在覆蓋白布的桌子另一頭坐了下來。

就近一看，這女人確實性感到想讓人狠狠擁入懷中啊。

跟泰勒在一起的時候，明明一副天真開朗，個性直率的新手樣。女人真是太可怕了。

「請注視這顆水晶球。如此一來，老夫便能透視妳的過去與未來。唔唔唔，看見了！妳是個冒險者對吧？」

「看我這身打扮，誰會不曉得啊。」

確實如此。身穿皮革鎧甲，還帶著一把劍。如果不是冒險者的話，就只是個危險分子，不然就是武器狂。

她的反應有些差強人意，但接下來就讓她見識見識我的占卜實力吧。

「今天早上，妳想起昨晚沒卸妝就睡了。連忙卸妝後，還洗了個澡吧。妳會從腳趾開始慢慢往上洗，胸部會洗得特別仔細……真的假的？老大，這部分請說得詳細一點。」

「咦！你怎麼知道！」

「呵呵呵。因為老夫是個優秀的占卜師，一切都逃不過老夫的法眼。接著說說妳現在穿的內衣顏色吧……好啦，幹嘛這麼小氣，快告訴我啊。有什麼關係，老大你也看到了吧？」

「喂。你從剛剛就低著頭在碎唸什麼啊？有人在裡面嗎？」

女子向我投來懷疑的眼神。

不表現得自然一點，就要露出馬腳了。得小心行事才行。

「妳在說什麼啊？哪有人躲在桌子底下呢？別說這些了，繼續占卜吧。小姐，接下來妳會陷入不幸的深淵。」

「不幸？哈，你在開玩笑吧。來到這個鎮上之後，我釣到一大堆好騙的肥羊，簡直爽翻天了。每天都能揮霍無度呢。」

因為慾望而扭曲的笑容，讓那張難得的美貌頓時化為泡影。

在泰勒面前表現出來的樣貌果然是假的，這才是她的本性。

「命運是輪迴之物。獲得無比幸運之人，往後必定會迎來命運的反噬。而且……如果是透過欺瞞，讓人深陷不幸奪取而來的幸運，反噬現象會更嚴重。」

「聽你的語氣，就像從頭到尾都看在眼裡似的……」

她忽然面無表情地向我投來冷漠的視線。

「哈！我知道了。看來你朋友不是在賭桌上輸我一大筆錢，就是對我獻殷勤的蠢貨吧？很遺憾，我沒這麼嫩，不會被這種話影響。想騙我，還早個一百年呢。重新投胎再來吧。」

說完，女子便轉身準備離去。我往她的背影喊了一聲。

「當大地為之撼動，便是災禍降臨之時。這不幸的預兆，唯獨小姐方能體會。莫忘老夫的這番話啊。」

「好好好，下次說謊前先打篇草稿吧。」

女子背對著我揮揮手後，便消失在巷弄之中。

照理來說果然不會相信吧。但應該會讓她起點疑心。

我脫下這身占卜師的偽裝，大大地伸了個懶腰。

雖然現階段她還在盤算如何欺騙泰勒，尚未造成實際損害。但要是放任不管，近期之內，泰勒一定也會淪為那群上鉤的肥羊之一。

「老大，多虧有你幫忙。」

我將覆蓋桌面的白布掀開，對抱膝坐在桌底下的巴尼爾老大道謝。

剛剛的占卜，全都仰賴老大的千里眼之力。他只是將看到的結果如實傳達給我罷了。

巴尼爾老大鑽出桌底下，站起身子後，勾起一抹邪佞的笑容。

「呼哈哈哈哈！只有歪腦筋動得特別快的小混混啊，無須在意。吾就喜歡這種惡作劇！欺瞞人類，正是獲得負面情感的大好機會。汝可別忘了那件事喔。」

「那當然。好，接下來才是重頭戲。」

「什麼不幸啊，笑死人了。居然會跑出這種貨色，是不是我行事太招搖了？差不多該離開

這座城市回家去了吧。」

我跟在那個女人後頭，但她毫無反省之意，還咒罵個不停。

不過，雖然嘴上抱怨，但她似乎對占卜的內容耿耿於懷。只要稍有聲響，她就會慌張地轉頭察看，還會特別留意腳邊和四周的狀況。

「再說，『大地為之撼動』又是什麼意思啊？這裡又沒有火山……咦！」

這時忽然爆出一陣巨響，地面劇烈搖晃。發生的時間點非常湊巧，彷彿要否定女子的說詞一般。

「怎、怎麼回事！是地震嗎？」

女子驚慌失措地跌坐在地，附近的行人卻毫不在意地繼續走著。

「咦？不會吧……？為什麼大家都這麼平靜？好像感受不到剛才的搖晃跟聲音似的……難道只有我覺得剛剛地面很晃嗎？」

此時，她似乎想起了占卜的內容，臉色頓時變得鐵青。

她一臉恐懼，拚命地張望著四周。

這時，我輕輕舉起手，大量的液體便從女子頭上傾瀉而下，將她淋成落湯雞。

「好、好冰……這是什麼！怎麼黏糊糊的！跑進衣服裡面了！好噁心！還、還流進奇怪的地方了！」

倒在她身上的，是之前芸芸從阿克西斯教徒那裡拿了一大堆結果無處可用，就硬塞給我的瓊脂史萊姆……感覺有點猥褻。

女子慌張地抬起頭，卻看見萬里無雲的晴朗藍天。

連風雨欲來的感覺都沒有……對此感到懼怕的她，緊緊抱著濕濡的身子顫抖起來。

「怎、怎麼回事……難道那個占卜所言不假？」

她面色鐵青，恐懼至極，接著立刻衝了出去。

情況非常順利。

「成功了嗎？」

奇斯從附近的建築屋頂探出頭來。

手上還拿著剛剛裝了瓊脂史萊姆的水桶。

「嗯，時間抓得剛剛好。」

「用特產的爆裂魔法當作暗號，所以很好懂。」

方才的巨響和震動，就是腦袋有問題的爆裂女孩每天都會施放的那個魔法。

阿克塞爾的居民都司空見慣了，事到如今誰也不會被嚇到。不過和真一行人到昨天為止都不知道跑去哪裡了，所以最近挺安靜的。

那個女人才來這裡沒幾天，自然不知道這個阿克塞爾的經典場面。這樣一切就能照我的劇本走了……但還是小心為妙。

我盯著女人離去的方向，同時追了上去。

在大街上發現她的背影後，我縮短了彼此的距離，但她沒發現我跟在後頭。

她看似一臉泰然地走在街上，腦袋卻忙碌地轉個不停，彷彿對周遭十分警戒。

「好，接下來的布局點是……」

我事前調查過那名女子會出入的各個場所，並暗中採取了措施。

她走進常去的高級餐廳了。很好，正如我所料。

我從後門潛入店內，並對在廚房忙碌的廚師和店員使了個眼色。

他們隨即勾起了不懷好意的扭曲笑容。打扮成廚師和店員的人，其實都是被那名女子詐財的冒險者。

這裡的店長以前也是冒險者。我送他一張夢魔店的全年半價通行券後，他就爽快地把整間店借給我使用。

「兄弟們，復仇的機會來了。都準備好了吧！」

「包在我身上。我會讓她盡情享用男人的手作料理。」

假扮成廚師的冒險者自信滿滿地說著，並將盛盤的餐點端給喬裝成服務生的奇斯。

奇斯表示，這次的整人計畫他會全程協助到底。雖然理由是「為了泰勒不惜兩肋插刀」，其實只是閒得沒事做吧。

我也很好奇情況會如何發展，便從廚房偷偷窺視著店內。

「讓您久等了。為您送上主廚的創意料理。」

「呵呵，今天會吃到什麼樣的料理呢……這啥啊？」

女子愁眉苦臉地指著那盤餐點。那是淋上半透明液體的乾煎肉排。

「是的。上頭淋的是『主廚發揮創意亂搞的醬汁』。」

「咦？是這種『創意』嗎？呃，這醬汁是用什麼做的？」

「這個嘛……因為是隨便亂做的，我對其中的食材也一無所知。應該不會有問題吧。」

「居然說『應該』……算、算了。主廚手藝一流，雖然賣相不佳，但說不定很美味。」

勉強說服自己後，她便請服務生離開。

奇斯向她鞠躬致意，接著將同樣的餐點端給別桌的客人。

確認別桌客人也吃下那盤詭異料理後，她鬆了一口氣，並將餐點送入口中。

「嗯咕！吃起來怎麼像坨黏糊糊的液體！肉也煎過頭了，不僅硬梆梆的，還散發出可怕的苦臭味！服務生——」

她把手上的叉子摔在桌上，準備站起身的同時，有個洪亮的嗓音響徹了店內。

「唔～～～！這道新推出的餐點真是太棒了。雖然殘留一絲焦苦味，但這創新的醬汁將其全數包覆，成功達到了中和的效果，應該說是融為一體了！……嗚噁！」

「若非挑剔的美食老饕，哪能嚐出這般纖細的風味呢？如果有人開口抱怨，就表示他的味蕾不夠高貴，是個味覺白痴！……嗚噗！」

聽到其他客人讚不絕口，站起身的女子又默默地坐了下來。

雖然讚美後又摀起嘴的動作有些可疑，但演技不算太差。

女子一邊觀察吃得津津有味的其他客人，同時耐著性子將食物送進嘴裡。每吃一口，眉間的皺紋就鑿得更深。

「對了，那道料理是怎麼做的？」

我向扮演廚師的冒險者這麼問，結果他環起雙臂，自豪地笑了起來。

「我把沒有經過放血處理的怪物肉排隨便烤了一下，再把你之前拿給我的瓊脂史萊姆拌入砂糖，淋了一堆上去。就這樣。」

簡而言之，就是在又硬又臭的肉排淋上一坨甜到爆的液體啊。難怪她會露出那種表情。

但或許是自尊心使然，女子勉強將餐點吃完後，面色鐵青地丟下一句「謝、謝謝招待……」就離開餐廳了。

她前腳一踏出去，那幾個假扮顧客的冒險者便同時起身，連忙往廁所衝去。

「嗚嘔嘔嘔嘔嘔嘔嘔！難吃也該有個限度吧，你想殺了我嗎！」

「幹嘛讓我們吃一樣的東西啊！改變一下調味不行嗎！你也給我吃一口看看！」

「誰要吃那種難吃到爆的東西啊！」

「開什麼玩笑，王八蛋！」

扮演顧客跟廚師的冒險者開始互毆。我跟奇斯無視他們，走出餐廳。

隨後我們又繼續整她。把商品價錢哄抬到平常的好幾倍，或是把調味料的內容物掉包等等。最後她疲憊不堪地回到了高級飯店。

「跟我偶爾會住的旅店真是天壤之別。居然拿騙來的錢過這種奢華的生活。」

「你有時候還會住在馬廄，或是喝得爛醉睡在路邊呢。」

在我身旁一起抬頭看著飯店的人不是奇斯，而是蘿莉夢魔。

因為接下來就輪到她大顯身手了。

「這次是特別幫你喔。我是聽說能為巴尼爾大人貢獻一己之力，才會幫你這個忙。不要會錯意了。」

「好，我知道了。進展得順利的話，老大也會很開心，搞不好會給妳摸摸頭喔。」

「真的嗎！唔嘿嘿嘿。他會狂摸我的頭嗎？」

她的臉都笑歪了。

「吶，妳之前還說『以為女生喜歡被摸頭只是處男的幻想』，但這反應也太矛盾了吧？」

「這很正常呀。如果被喜歡的人摸摸頭，當然會很開心嘛。要是被達斯特先生摸頭，我會告你性騷擾，但巴尼爾大人就另當別論了。應該說，我還希望他盡情撫摸重要的部位！」

「這、這傢伙……」

「啊，我想到一個好主意！」

她拍了一下掌心，不停點頭，不知道腦海中閃過什麼點子。

「雖然很想抱怨差別待遇太過明顯，但妳今天幫我有恩，我就忍一時海闊天空吧。準備好了吧？」

「交給我吧。夢境內容也萬無一失！」

為了讓那個女人作惡夢，我才會請這傢伙來幫忙。

畢竟她今天諸事不順，應該會早早就寢。我就送她一個無比美妙的惡夢吧。

7

翌日。

我再次喬裝成占卜師，坐在之前那個位置時，眼前有道黑影籠罩而下。似乎有人坐在我的面前。

我揚起視線，看到一臉憔悴的新人女冒險者坐在那裡。

「哎呀，小姐看起來很疲憊啊。是不是昨天玩得太開心了？」

「哈，簡直糟透了。不僅被黏糊糊的東西從頭淋得滿身都是，買東西還被店家敲竹槓，早早入睡卻作了可怕的惡夢。我夢到自己被一群黯淡金髮的變態男子追著跑……現在回想起來，我還會渾身發冷。」

「那可真慘呀……」

惡夢的效果出奇地好。

不過……夢境內容讓我有點在意，待會兒再問問蘿莉夢魔吧。

新手冒險者用手撫額，重重地嘆了一口氣。仔細一看，她的眼下出現了黑眼圈。

「對了，小姐。今天怎麼會找上老夫呢？」

「雖然很不爽，但我想相信你的占卜了。我覺得先前的種種遭遇就像被惡整一樣。」

很好，上鉤了。情勢發展完全如我所料，我幾乎要笑出來了。

接下來才是關鍵。

「這樣啊。妳希望老夫占卜什麼呢？今天的內衣是什麼顏色嗎？老夫特別開放胸部占卜，要不要試試看？」

「你的手勢跟眼神都很可疑，我就心領了。可以用一般的方式幫我占卜嗎？我想知道能變幸運的方法。」

「哼嗯，幸運是吧？呼～～哈～～喲咿呀～～！」

我用手覆蓋水晶球，做出怪異的舉止，還發出奇怪的叫聲。

那個新人嚇得渾身一震，眼神卻無比真摯，跟昨天大不相同。

「哦～～出現了。前面那間魔道具店販售的推薦商品，就是妳的幸運小物。」

「魔道具店？」

「唔嗯。那裡有個沒什麼福分的漂亮老闆，以及戴著面具的店員。面具店員推薦的商品，就是掌握幸福的關鍵！」

「戴、戴面具的店員？感覺好可疑，但還是值得一試。謝謝，這是占卜費。」

她支付的金額比想像中還要多，但我還是默默收下。

占卜師是不是比冒險者還有賺頭啊？

「誘導成功了。」

巴尼爾老大跟昨天一樣，從桌子底下現身。

請老大幫我占卜的條件，就是要把店裡的商品強行推銷給那個女人。

「這樣就可以清掉老大店裡的庫存了。那個女人好像超級有錢，就狠狠賺她一筆吧。」

「是啊。再這樣下去，這個月一定會因為無能老闆陷入財政赤字，那可不行。吾還是趕緊回去吧。感謝汝出手相助。」

「我跟老大是摯友嘛。我隨時都能幫忙喔。」

老大從桌底下飛奔而出，轉眼間就變得像米粒一樣小。我朝他的背影用力地揮揮手。

這樣就對老大獻完殷勤了，來瞧瞧那個女人會有什麼下場吧。

我把占卜用的小道具全數收進袋子，並帶在身上跟在老大後頭。

老大跑得很快，我當然追不上他。當我抵達魔道具店時，老大已經穿上圍裙在接待她了。

「以人類基準來說算是國色天香的這位小姐，歡迎光臨！」

「啊，呃，我被稱讚了嗎？」

我從窗戶偷偷往內看，卻沒看見老闆維茲的身影。

她也沒有像平常一樣倒在地板上，可能是出門了吧。

我這麼心想，空氣中卻飄來一股微微的香氣。

「是在庭院那裡嗎？」

因為有些在意，我便循著氣味的源頭，沿著牆壁移動。結果看到燒成焦黑的維茲被丟在店舖旁邊。

啊，因為礙手礙腳的，所以被丟出來了嗎？我看她八成又亂買東西，被老大懲罰了吧。

雖然是自作自受，但我還是輕輕將雙手合十為她祈禱。

「這、這就是你推薦的商品嗎？」

因為店裡傳來女子困惑的嗓音，我急忙回到窗邊繼續窺視。

老大抓緊機會，強迫推銷那些賣不完的商品。

他手上拿著一具臉蛋莫名逼真的娃娃。那個娃娃身穿貴族風的洋裝，像個小孩子。

「這可是傳說中的娃娃，附近的太太們都口耳相傳，說是能提升運氣呢。娃娃的頭髮有自動生長的機制，因此能隨心所欲地為它變換髮型。雖然它偶爾會擅自離開原本放置的場所，但這點小事無須在意。」

「我很在意啊！這不就是詛咒人偶嗎……」

「這是什麼話呀，不要故意找碴好嗎？這娃娃還附帶了其他優秀的機能。舉例來說，只要告訴娃娃汝想要幾點起床，它就會在汝期望的時間點將汝喚醒。要不要試試看？」

老大在那個娃娃耳邊低喃了幾句。

接著便把娃娃放在桌上，並環起雙臂。

女子跟我都好奇地凝視著那個娃娃，只見原本低著頭的娃娃忽然抬起頭，緊閉的小嘴猛然大張。

「嗚嘿嘿嘿嘿嘿嘿嘿嘿嘿嘿！」

娃娃口中爆出了超級洪亮的鬼祟笑聲。

「好恐怖！這是怎樣！」

「呼哈哈哈哈哈哈！有這個鬧鐘機能，再會賴床的瞌睡蟲也能馬上起床。怎麼樣，是不是很棒啊？對了，它還具備了淘氣小妖怪的機能喔！如果置之不理，娃娃就會拔出藏在懷裡的短劍殺過來！」

「這樣在醒來之前就會陷入永眠了吧！我不想聽這些說明，要怎樣才能讓它停下來！」

女子指著現在還咯咯發笑的娃娃，用跟笑聲不相上下的大嗓門破口大罵。

光是在外面聽就覺得快要瘋掉了，裡面的人應該覺得無比煎熬吧。

……老大似乎毫不在意就是。

「唔嗯，停止的方法啊。要用盡全力堵住娃娃的嘴，才會停下來。」

「早說嘛……喂，這個娃娃在拚命掙扎耶！等一下，這個畫面是不是有點危險！」

女子壓制著拚命掙扎的娃娃。遠看就像要誘拐幼童的罪犯似的。

「起床後做點適度的運動，也會覺得神清氣爽吧？」

「啊，嗯，隨便啦……還有其他推薦商品嗎？」

「不滿意啊？要不要參考這個超級熱賣，會在深夜尖笑的巴尼爾娃娃？另外也有附帶驅怪效果的寶石項鍊啦。」

老大從後面的貨架中，拿出一條款式滿不錯的項鍊。

「剛才那個就免了，怎麼會推薦那種會笑的娃娃啊？還有項鍊啊，我就買這個吧，設計也滿好看的。所謂的驅怪效果是到什麼程度？」

「哥布林那種等級的怪物沒辦法靠近。」

「哎呀，不錯嘛。」

單純只是如此的話，這條項鍊確實不差，應該還會在商人或共乘馬車的車夫之間掀起熱賣風潮吧。但這間魔道具店的商品可沒這麼簡單。

「缺點是寶石會散發出甜美的香氣，但只會引來一些怪物而已，這一點也無須在意。」

「喂，這樣不就抵銷掉驅怪的效果了嗎？還真是致命的缺陷……」

女子雖然不太想買帳，但因為店裡沒有任何正常的商品，她就買了剛剛那條項鍊，還買了另外幾樣商品。

「唉，錢都花光了。這個城市也沒得撈了吧，還是回去埃爾羅得好了。」

因為大部分都是高額商品，這陣子出手闊綽的女子，似乎也耗盡了所有財產。

女子走出魔道具店後，仰望著天空如此埋怨道。

「埃爾羅得不是賭博王國嗎？這女人還沒學乖啊。」

既然她要離開這裡，那就沒什麼事了。但為了以防萬一，我還是趁夜摸進她的房裡，在她枕邊放上那個鬧鐘娃娃吧。

8

三天後，我把那個女人給的占卜費全花光了，於是到公會走了一遭。只見琳恩、奇斯，還有……泰勒也坐在位子上。

看來是解脫了吧。雖然不知道是怎麼道別的，但還是調侃他幾句吧。

「嗨～～哦，泰勒師父，好久不見。」

「別叫得這麼噁心。」

「你最近好像在跟女孩子談情說愛嘛。帶來介紹一下啊。」

我語帶輕佻地說完，琳恩和奇斯便用手指抵著嘴發出「噓！」的一聲，叫我閉上嘴巴。

他們是怎樣？這個反應……哎，看來是被女方甩掉啊。

「哦，怎麼？你被狠狠甩掉了嗎？」

「我們本來就沒有在交往。只是指導她一些冒險者的心得而已。」

「那真是辛苦你了。那個女人現在在幹嘛？」

「回故鄉去了。好像是母親忽然生了重病，她才放棄冒險者的工作，回去照顧母親。」

編了這種理由啊。真了不起，竟然能將純真女冒險者的假象貫徹到底。畢竟只要受騙的人沒發現，就會變成單純的美好回憶。

既然她已經離開阿克塞爾，剩下的就無所謂了。

隔天我去確認情況時，發現她被惡夢和鬧鐘娃娃害得連兩天睡眠不足，還露出一副累到心死的表情。她應該對這個城市充滿厭惡了吧。

「畢竟事出突然，維修冒險者裝備又讓她花光了積蓄，治療費用也是筆不小的數目，所以我二話不說就把身上現有的錢全部給她了。但願能幫上一點小忙。」

「…………」

那個臭婆娘！最後的最後還是被她擺了一道……泰勒也完全上當了。

「事情就是這樣。抱歉，我已經沒錢了。等等我想接點委託，你們能跟我一起去嗎？」

「反正我一天到晚都沒錢，沒差啦。」

說完，奇斯和琳恩也點點頭。

這些混帳，我沒錢的時候就對我不理不睬，泰勒沒錢就願意挺身而出喔。

……雖然很想開口抱怨，但今天就對這位好好先生隊長溫柔一點吧。

第二章

跟蹤那群鬧哄哄的傢伙

1

「我不會把可愛的妹妹交到來路不明的男人手上！要用惠惠的爆裂魔法炸飛整座城嗎？不，等一下。也可以騙騙阿克婭，讓她教唆阿克西斯教徒啊。不論要用什麼手段，我一定要阻止……」

和真一個人在酒吧裡喝得爛醉，還說著這種唯恐天下不亂的事情。

我也醉得一塌糊塗，有一半以上的內容都沒聽清楚，但知道他現在火冒三丈。

「嗨～～和真，一個人喝酒很寂寞吧。好吧，我是你的麻吉，就陪你一塊兒喝！別跟我客氣！把酒全都拿過來！今天就特別讓我的好兄弟買單吧！」

「每次都我買單吧！醉漢達斯特不要纏著我啦！我現在沒時間跟你胡鬧。你自己付酒錢，我才不要請你。」

「幹嘛這麼小氣～～我跟你是摯友吧。」

「什麼摯友，我們只是互相認識而已吧？」

「喂喂，別害羞嘛～～你這個小壞蛋～～」

和真嚷嚷著這番無心之言，而我用手指猛戳他的臉頰。

「住手啦，我現在很認真在煩惱耶。可愛的妹妹正在哀求哥哥出手救援，現在肯定都淚濕枕頭了！」

和真冷冷地看著我，還把我的手揮開。看樣子現在不適合調侃他。

不過，和真有妹妹嗎？啊，我知道了。好像有某位公主殿下把和真當成哥哥仰慕呢。

……是指愛麗絲嗎？

嗯～～難道是攸關國家的大事件？

「抱歉啦。你在煩什麼？我一定會幫到底，有任何煩惱，就跟達斯特大爺訴苦吧。可以免費跟你洽談喔！」

「找達斯特商量，不如找阿克婭那些人……但惠惠感覺會嫉妒。雖然達克妮絲是那副德性，好歹也是個貴族。至於阿克婭還是免談吧。達斯特喔，要跟達斯特商量啊～～我身邊就沒一個正常人嗎？唉～～反正我非得開口，否則你不會放過我吧？」

和真大大地嘆了口氣，搖頭晃腦地說。

他很了解我嘛。

「唉……如果妹妹……非常重要的人跟別人訂下婚約，自己卻毫不知情，達斯特，你會怎麼做？」

「……唔。」

和真這句話，讓我頓時酒意全消。

重要的人另有婚約……而且那位妹妹還是公主殿下。這麼說來，愛麗絲之前也抱怨過自己有未婚夫這件事。

「喂喂，怎樣啦？難得看你一臉嚴肅。」

「嗯、嗯？忽然聽你說這種意想不到的事，我嚇了一跳啦。你說的是爆裂女孩嗎？達克妮絲？還是宴會祭司……不可能吧。」

「才不是。就算那些傢伙有未婚夫，我也不用管啊。對方一定會受不了她們啦。」

「說得也是。」

每天都要擊發一次爆裂魔法的紅魔族。

本性超級變態的貴族。

沉迷於美酒和宴會才藝，完全不在意會給人添麻煩的阿克西斯教祭司。

「我倒想鼓勵那些人，能跟她們交往的話就試試看啊。我反而很想見識一下呢。」

「是不是？而且那些傢伙哪會這麼……別管她們了。達斯特，如果是你會怎麼做？之前琳恩那件事，你因為誤會鬧得天翻地覆吧？」

「別提了……我實在不願回想起那件事。」

和真說的是前陣子發生的事。當時聽說有個好像是貴族的男人想追琳恩，我接獲情報之後，就請和真幫忙，一起去惡整那傢伙。

結果卻是個天大的誤會。那傢伙看上的不是琳恩，而是我……

光是回想起來，我就渾身顫抖。

「吶，結果你……後來被硬上了嗎？」

「才沒有！我的屁屁保住了貞操！真、真的啦！不要用看著可悲之人的眼神看我！」

和真將手放上我的肩，點點頭，彷彿在說「無須多言，我懂」。

……他一定誤會了。

「回歸正題吧。如果那個重要的人是遙不可及的大人物，還是退一步祝對方幸福……比較好吧。」

我撫上佩在腰間的長劍，給出這種跟我本性不合的回答。

「真不像達斯特會說的答案耶。我以為你至少會說『那就打爆對方搶過來啊！』。不過，要是那個對象很討人厭，你會怎麼做？」

「那就打爆那傢伙搶過來啊。之後再把他整得慘兮兮。」

至少要讓重要的人得到幸福吧。

既然知道她會陷入不幸，當然可以動用強硬手段。

「對吧！達斯特果然懂我。好，這攤算我的，盡量喝吧！不過你要幫我出主意喔。你很會耍小手段吧？」

「哦！真的可以嗎？好啊，包在我身上！我就教你幾招遊走在法律邊緣，但不會被警方逮捕的詐欺和鬧事手法吧！」

我一杯接一杯喝個不停，跟和真瞎鬧了一整晚。

2

「頭好痛……」

得意忘形喝太多了。宿醉的感覺有夠差。

我睜開眼，發現太陽高掛在正上方。

「沒有屋頂啊。這是哪裡？」

雖然地面又硬又冷，有些不太對勁，但我應該是喝得爛醉，直接睡倒在路邊了吧。

「我好像跟和真講了一些事情，但內容是什麼啊……」

只記得跟女人有關，卻連一丁點細節都想不起來。

「算了，應該不重要。找夥伴們請我喝一杯起床後的美酒吧。」

伸伸懶腰，舒緩緊繃的關節後，我立刻前往冒險者公會。

我走進公會大門並往內看去，發現琳恩他們坐在老位子上……這就算了，有個人卻坐在他們對面。

是接了什麼委託，正在跟委託人直接洽談嗎？

雖然只看了背影，但那人一身魔法師的裝扮。

「啊，達斯特。過來這邊。」

由於琳恩要我過去，我便坐在她身旁，正面看向委託人。

原來是有過一面之緣的貴族千金——蕾茵。

這傢伙怎麼會出現在冒險者公會？難道又是跟愛麗絲有關的麻煩事嗎？

她是本國公主愛麗絲的護衛兼教育專員，之前跟我和琳恩一起冒險過。

「哦，這不是貧窮又沒存在感的貴族嗎？我最近開始做一筆好賺的生意，要不要算妳一份？」

「之前碰面的時候，我雖然說過可以別太拘謹地和我相處，但我好歹也是一名貴族，請你留意一下用字遣詞吧……待會兒再跟你請教那個好賺的生意。」

蕾茵臉頰抽搐地露出乾笑，不知是對「貧窮」、「沒存在感」，還是兩種形容都不滿意。

「現在是什麼情況？要借錢的話，我會拒絕喔。」

「對一名貴族來說，跟你這種傢伙要錢，還不如乾脆去死。蕾茵小姐不是要借錢，是想直接指名我們幫忙喔。而且給出的委託金額還挺高的。」

「達斯特先生、琳恩小姐，前陣子受兩位關照了。」

蕾茵語氣恭敬地低下頭說道。

蕾茵對平民沒有偏見，跟我熟知的貴族大不相同。愛麗絲身邊還有另一個教育專員，那傢伙的思維就非常貴族，我實在拿她沒轍。

「達斯特、琳恩，你們什麼時候跟貴族認識啦？難不成有扯上不法情事？」

「喂，她還挺漂亮的嘛。不過該怎麼說呢，總覺得好沒存在感，一點也不亮眼。無論如何，美女就是美女。待會兒給我好好解釋一下。」

泰勒和奇斯也都掩不住好奇心，不停質問我。

我輕輕揮揮手，丟出一句「等等再說」。

蕾茵已經先報上貴族的名號了？

「委託啊。也罷，有錢就好辦事。委託的內容是什麼？」

「是的。其實不能將詳情告訴你們，但我希望各位能幫忙警戒依麗絲大人的護衛們。」

「警戒護衛？是指警備跟護衛嗎？」

泰勒覺得她應該只是單純口誤，便有些在意地加以確認。

原以為可以隨便聽聽就好，不過……

「不，你沒聽錯。我希望你們能幫忙警戒那些護衛，別讓他們惹出無謂的麻煩。」

「……難道是護衛中潛藏了叛徒這種可怕的事情？」

既然不是口誤，就只能這樣解讀了。

跟愛麗絲扯上關係的話，就算發生權位鬥爭或有魔族手下潛入等情事都不足為奇。話雖如此，我們只是一介冒險者，她怎麼會把攸關國家的大事交付給我們呢？

這麼做應該事出有因。要是有個萬一，她就會封住我們的口風。既然是貴族，而且還跟王族息息相關，就很有可能做出這種事。

「啊，不，沒這回事。應該說，希望你們能監督依麗絲大人和那些護衛不要做出什麼愚……驚人……呃，不要做出什麼奇怪的事。」

她剛剛差點對臣子和王女用上「愚蠢」二字吧？雖然她連忙更改說詞，但我可是聽得一清二楚。順帶一提，「依麗絲」就是愛麗絲的假名。

「嗯～還是摸不著頭緒耶。雖然知道依麗絲是地位崇高的貴族千金，但既然有護衛隨行，代表她要前往某個地方吧？」

「這個嘛。依麗絲大人有個未婚夫，所以她準備前往埃爾羅得，和那位大人見面。」

未婚夫。奇怪？最近好像聽過類似的話題？

是和真在喝酒的時候說的吧。我記得是最近的事情……以後還是不要喝到會失憶的程度好了。

「她才幾歲而已，沒必要擔心自己嫁不出去吧。反正對方應該也是多金的貴族大少爺。真想說給櫃檯小姐露娜聽聽啊。她應該會淚眼汪汪地深感羨慕吧？」

「達斯特，快住口！要是被露娜小姐聽見，她就會把一些天殺的委託硬塞給我們耶！在露娜小姐面前，不能提這種婚嫁的話題！」

公會櫃檯小姐露娜雖然人氣超旺，胸部也很大，但她已經過了適婚年齡，最近好像想婚想瘋了。如果用這件事調侃她，她就會笑咪咪地把超困難的委託硬塞過來，得小心點才行。

「她還這麼年輕，就有未婚夫了啊。我還以為貴族都過著悠哉的生活，沒想到也挺辛苦的。不過，既然已經有對象，就不用擔心嫁不出去了。這一點讓我有點羨慕。」

「妳還不到急著想婚的年紀吧？而且琳恩根本不需要擔心結婚的問題，因為這裡就有個超級完美的對象嘛！」

我豎起大拇指指向自己，並咧嘴一笑。

「哈！對你來說，這玩笑還算有趣。」琳恩看了我一眼後，立刻變得面無表情，失笑了一聲。

「愛……依麗絲大人很了不起。不僅思想賢明，也充分理解自己的角色定位……過去的她確實如此，最近卻深受某個人荼毒，有時會做出太過調皮的舉動。她每天都會從城……從家裡逃出去一次。」

「某個人」指的就是和真吧。

這麼說來，克萊兒之前也抱怨過很多次。愛麗絲學會耍小聰明，逃家的技術還變得日益精妙。

「那些護衛，難不成……是和真小隊嗎？」

我向蕾茵這麼提問，而夥伴們同時看向了我。

他們不知道事情經過，才不明白我為何會在此時提到和真小隊吧。

「答對了。依麗絲大人將和真先生當作兄長大人那般仰慕親近，所以情況變得很棘手。我姑且有和達斯堤尼斯大人談過這件事，希望他們能拒絕護衛的委託，但不知道那個人會不會先下手為強……」

看來和真才是蕾茵煩惱的根源。

「而且克萊兒小姐也反對依麗絲大人這門婚事，還想動歪腦筋加以破壞。由於兩人利害關係一致，她就跟和真先生結盟了……若不想辦法制止，後果可能不堪設想……」

咦？下屬可以破壞王女的婚事嗎？

克萊兒就是和蕾茵一同擔任愛麗絲的護衛兼教育專員的另一名貴族。

先前碰到她的時候，她都緊緊跟在愛麗絲身邊。當時我就覺得她很不妙了，沒想到比起國家安危，她寧願選擇公主啊。

至於未婚夫所在的埃爾羅得，就是為貝爾澤格王國提供巨額金援的國家。

我想起來了。前陣子因為巴尼爾老大的面具，我和愛麗絲的精神狀態曾經合為一體。當時她為了要提升金援額度這一點憂煩不已。

扯上公主的婚事啊……事態一定會變得麻煩透頂，我實在不太想蹚這灘渾水。但想起那一晚的事情，我又無法置身事外。

「雖然覺得問題不大，但就怕依麗絲大人有個萬一。如果各位能幫忙逼退和真先生他們無法顧及的威脅，就幫了我一個大忙。我希望能小心再小心。」

公主前往他國，自然需要護衛隨行。慎重行事也是剛好而已。

更何況護衛還是和真那群人。即使他們各個都是卓越超凡的人才，卻毫無安定性可言。

如果有人問我「他們適不適合擔任護衛」……雖然我是和真的麻吉，還是無法給出肯定的答案。

「那個，雖然很感謝妳找我們幫忙，但妳不該僱用冒險者，而是正規的護衛吧？」

「我也跟琳恩持相同意見。既然要確保生命安全，還是找護衛比較妥當。」

「妳又不像萬年窮鬼達斯特，不會對金錢斤斤計較吧？」

我也同意夥伴們所說的話，卻無法插嘴。

應該有無論如何都需要我們幫忙的理由。

「話是沒錯，但因為這次是隱密行事，無法帶上一大票隨扈。人數必須盡可能減少，不能太過顯眼才行。為了不讓敵方靠近，也會使用特殊的龍車。再說，依麗絲大人本身的實力就很堅強了。」

「那孩子外表這麼可愛，實力卻很高強啊。不過能坐龍車也不錯。負責拉車的不是馬，而是奔跑蜥蜴，行駛速度可是馬車無法比擬的呢。」

琳恩見過愛麗絲，因此不敢相信她擁有高強的實力。

愛麗絲之所以會那麼強，應該是因為常吃高價的怪物肉來提升等級吧。貴族常用這種方式升級。

既然她是王族，飲食方面一定比貴族更加奢華。

而且聽說貝爾澤格王國的王族還流著勇者的血脈，富有與生俱來的才能。不過，畢竟蕾茵是她的下屬，說詞可能有些偏頗。

「也就是說，我們要監視和真他們會不會帶壞依麗絲，順便保護她的安全。還要戒備和真他們會不會對未婚夫做出多餘的事。沒錯吧？」

「沒錯，正是如此。不過，抵達埃爾羅得後，你們只需留意和真先生一行人的動向即可。如果他們闖了禍，請你們詳實地記錄下來。畢竟也有可能產生損害賠償。另外，呃，由於依麗絲大人的父親在該國也是『有名望的』貴族，因此也會造訪王城一趟，屆時就請各位留在城門外靜候！」

蕾茵說得飛快，還特地強調「有名望的貴族」一事。

因為不能暴露愛麗絲的王女身分嘛。

委託費高得嚇人，住宿費也由對方買單，甚至還準備了龍車給我們搭乘。這份委託還真是無微不至。

這種求之不得的好事，哪有拒絕的道理呢？因此我們爽快地接下了委託。

其實我很不想跟王族扯上關係，但這次的目的地是以賭場聞名的埃爾羅得，那就另當別論了。

訂金也拿了不少，可以賭個痛快。

蕾茵離開公會後，奇斯跟泰勒便上前逼問我跟她是什麼關係。

當我說出先前和琳恩、芸芸以及那兩人一起去冒險的事，奇斯果然百般羨慕地死纏著我不放，我就用酒把他灌得爛醉。

「為什麼……只有達斯特這麼有女人緣啊！」

奇斯趴在桌上說夢話。就先別理他了。

「依麗絲就是那兩位所侍奉的貴族千金，她跟和真感情不錯，才會請他們當護衛吧。」

「和真小隊雖然實力超群，但專精的項目太過單一，所以不適合擔任護衛嘛。」

「畢竟爆裂女孩擊發一次魔法就沒戲唱了。達克妮絲還會丟下護衛對象不管，自己衝進敵人的懷抱。蕾茵就是擔心這一點，才會請我們偷偷戒備吧？我們只要提供援助就好，感覺是滿輕鬆的差事。」

「是啊。雖然不能掉以輕心，卻是一份不錯的工作。我去採購旅行所需的道具，大家先好好休息吧。」

旅行的準備交給泰勒就沒問題了吧。

琳恩似乎想繼續留在這裡發呆，於是我獨自離開了公會。

「我也沒事可做，去巴尼爾老大店裡玩玩吧。」

最近我常去老大的魔道具店打發時間……正確來說，應該是窮鬼美女老闆維茲的店面，但負責實際營運的應該是老大才對。

「老大，我過來玩了～」

我打開門扔出這句話後，正在掃地的老大便歪了歪嘴角。

「汝怎麼又來了。吾跟小混混不一樣，忙得不可開交。沒事的話就快走吧。」

「就是說嘛。不要來干擾巴尼爾大人。」

「吾剛剛也跟汝這淫魔說過同樣的話。」

貼近在老大身邊的人正是蘿莉夢魔。

這傢伙是不是比我還要常來啊？

「喂，蘿莉夢魔。妳怎麼大白天就遊手好閒啊，工作呢？」

「我的工作時間是從晚上開始。達斯特先生……你還真好意思質疑其他人的工作啊。我把鏡子拿過來給你照照吧？」

「明天開始我就有長期的工作了。」

「此話似乎不假啊。吾就用特別優惠價，替汝占卜未來吧。」

老大似乎是能洞悉未來的惡魔，可以十足精準地預測未來。

先前懲治那個壞女人時也借用了這個能力，所以我明白實力有多厲害。

「謝謝你的好意，但還是算了吧。老大說的並不是占卜，根本就是預言。而且之前都沒什麼好下場。」

溫泉旅行時，老大的預言確實成真了，他卻故意含糊帶過最關鍵的部分，以我的苦痛為樂。

畢竟老大的糧食就是人類的負面情感。若完全信任他的預言，後果通常是不堪設想。

「那不是吾的錯，是汝平時素行不良所致吧。」

「就是說啊，巴尼爾大人沒有錯！請你重新審視自己吧！」

這、這傢伙……只要牽扯到巴尼爾老大，她就變得超級囉嗦。

幹嘛比當事人還要生氣啊？

「吵死了。妳是我媽喔。」

「我一點都不想生出達斯特先生這種小孩。」

「小時候的我說不定很可愛啊！」

「小時了了，長大也是變成這副德性。」

蘿莉夢魔一臉嫌棄地看著我。

「不准說『這副德性』！不要用手指著我！」

「煩死了！要講相聲就到外面去講。搞不好還能招攬幾個客人。」

「跟她講相聲很無聊耶。就算在吐槽時不著痕跡地偷摸她的胸部也是乏善可陳，一點意思也沒有。」

我看著蘿莉夢魔的胸部，聳聳肩說道。她也半瞇著眼瞪了過來。

「居然如此嘲弄女性的胸部，達斯特先生真的很失禮。你的小弟弟也是乏善可陳啊。」

她瞄了我的下腹部一眼，並勾起意味深長的笑容。

「喂喂喂，妳又沒看過我的巨劍，還敢胡說八道。」

「泡溫泉的時候有看過啊。印象中只是一把短劍吧。啊，我記錯了，應該是小刀才對。噗！」

「好啊，都說到這份上了，我現在就讓妳重新確認一次！給我睜大眼睛看好……痛！」

我剛握住皮帶，後腦勺就被人重重一擊。

我回過頭去，發現是老大揮出了制裁的鐵拳。

「不想被吾提告妨礙營業，就立刻住手！胸部跟下半身都小得可憐的傢伙！」

「我、我還在發育中！應該用美乳來稱呼才對！請您用眼睛和手掌確認看看！」

「要是我發威起來，可不只這樣而已！」

為了提出證明，蘿莉夢魔準備褪下上衣，我也正想拉下褲子。結果又被老大揍了一頓。

「不要在店裡露出奇怪的東西！客人就已經夠少了，還要讓他們更不敢靠近嗎？真沒辦法，吾會免費替汝占卜，算完就快點滾蛋。」

「呃，占卜就免了……」

老大絲毫不顧我的意見，直盯著我看。

「哦哦哦哦，天啊天啊。不正經的蠢蛋啊。吾看見汝在奢華的賭場中孤注一擲的身影了！哼哼，汝似乎註定會在關鍵勝負中抽到最弱的手牌！呼哈哈哈哈哈哈哈！」

「真的假的，早知道就不要聽了。能不能替我占卜一下，讓我有辦法在賭場取勝？」

「再來就要收錢了。想知道後續結果就拿錢過來。聽那個小鬼說，這種方法似乎叫作『課金制度』。」

「真是卑鄙……我現在沒錢，只能放棄了。」

我真的很想知道詳情，但巧婦難為無米之炊。

前往埃爾羅得之前，居然得知了這種額外的情報。不過，老大的占卜偶爾也會失準吧。

「請問一下，阿克塞爾有正規賭場嗎？」

「這個城鎮沒有那種大規模的設施。之後我們要去以賭場聞名的埃爾羅得。應該是指我會在那裡大贏一場吧。」

「你要去埃爾羅得嗎！」

「喔，對啊，是這樣沒錯。」

蘿莉夢魔睜大雙眼盯著我瞧。

有必要這麼驚訝嗎？

「請帶我一起去！」

「妳對賭場有興趣啊？好，那我今天就帶妳去附近的賭場晃晃。只要無限提供經費給我，我就會幫妳翻倍賺回來。」

我還以為她只對春夢跟巴尼爾老大有興趣，沒想到對賭博也很好奇啊。我就以前輩的身分，好好對她灌輸博弈的樂趣吧。

「我才不在乎賭博。」

她居然一口回絕了。

「那妳為什麼想跟過來……啊，原來如此。不好意思，沒察覺到妳的心意。但是很抱歉，小屁孩不在我的狩獵範圍內。」

「不僅擅自會錯意，還把我給甩了，真令人火大。我不是小屁孩好嗎！別看我這樣，我的年紀比你還大！」

「好啦好啦，妳好棒棒喔～～等胸部變大之後再來說吧～～」

我無視蘿莉夢魔的蠢話，並摸摸她的頭，結果她氣得不停跺腳。

「氣死我了！巴尼爾大人！達斯特先生真是讓我打從心底感到火大！」

「那個小混混只有惹怒他人的技術可謂天下一絕，別跟他一般見識。對了，說說汝想去埃爾羅得的真正原因吧。」

「這個嘛，我們計劃要在埃爾羅得設立夢魔店分店，目前在討論是否要就近去場勘一番。所以我才想順水推舟。」

原來如此。應該說，埃爾羅得沒有夢魔店這件事更讓我意外。可惡，這樣就少了一個樂趣。

「在賭博王國開設夢魔店啊，這主意不錯。錢包被填滿後，就會想填滿其他的慾望。人類的情慾真是無窮無盡啊。」

「聽到恣情縱慾的汝這麼說，真是莫名有說服力。」

「對啊。」

兩人同時點點頭說道，但我裝作沒聽見。

蘿莉夢魔啊……只是帶她過去的話，應該不會有問題。

我們小隊裡只有琳恩一個女生。雖然她什麼也沒說，但一個女孩子跟一群男人出遠門，可能也會有些不安。

「沒差，妳就一起來吧。是妳的話，其他人應該不會有意見。」

「非常感謝你！我會送你店裡的折價券當作謝禮，要分給大家用喔。」

「好啊。不好意思耶，還讓妳這麼費心。」

哦，有十張啊。我會妥善運用所有折價券的。

再說，要不是我出面，就不會有這種好康啦！

正當我打開魔道具店的大門，準備離開之際──

「過來。吾給汝一道建言吧。」

「什、什麼？難道是愛的告白……」

我聽見巴尼爾老大將蘿莉夢魔叫到身邊。轉頭一看，發現老大正在她耳邊細語。但從那傢伙一臉嫌棄的表情來看，應該不是愛的告白。

3

我們配合和真小隊出發的日程，來到了貝爾澤格王國首都。

成員有我、泰勒、奇斯和琳恩，再加上蘿莉夢魔隨行。

「這次又要麻煩各位了。這是一點小心意，請慢用。」

「歡迎妳，請多多指教。不用這麼多禮啦。」

蘿莉夢魔不停地低頭鞠躬，並送上伴手禮，琳恩他們也笑容滿面地接待她。

過去跟她一起行動好幾次，大家已經習慣了吧。

為了確保旅途中的安危，我本來也想找芸芸一起來。但她發揮邊緣人的能力，讓我找不到人，所以就沒管她了。

「這就是龍車啊。真的是奔跑蜥蜴在拉車耶，比我想像中還要樸素。」

「因為是貴族大人的交通工具，我還期待會更豪華呢。還是我們乾脆把車子裝飾得華麗一點好了？」

「奇斯，別說這種失禮的話。我們的工作是要在不被對方察覺的情況下進行護衛。引人注目也毫無意義，才會進行偽裝，不是嗎？」

奇斯明顯表現出遺憾的模樣，結果被泰勒訓了一頓。

「是的。無論如何都希望各位能隱密行事，所以才準備了一般樣式的外裝。但車體內部不受影響，坐起來十分舒適。雖然沒有車輪，但只要……」

蕾茵獨自前來將龍車交付給我們。她將手放在車上，口中呢喃幾句後，車體便懸浮於半空中。

這是藉由減輕重量，提升行駛速度的構造吧。

「哦哦，從地面上飄起來了！這是什麼構造啊？」

「我第一次見到這種款式呢。」

「真不愧是貴族大人。」

我看著夥伴們深感欽佩的模樣。這時，蘿莉夢魔從旁拉了拉我的衣袖。

「達斯特先生沒什麼反應呢。不覺得很稀奇嗎？」

「哦。我之前有看過啊。」

貴族持有龍車是很稀奇沒錯，但王族就不需要大驚小怪了。

沒存在感又愛操心的蕾茵正在跟夥伴們說明各種注意事項。這種事只要交給泰勒就好。

所有事項似乎已經說明完畢，蕾茵說了聲「之後就麻煩各位了」，便往和真一行人的方向走去。

在這個距離之下，和真等人的身影看起來只有黑點般大小，但我們早有對策。

「奇斯，看得到另一頭的狀況嗎？」

「可以，非常清楚。因為我有『千里眼』技能嘛。」

奇斯是弓手，所以具備「千里眼」。只要有這個技能，就能清楚看見遠處的動靜，因此能在遠距離外進行護衛。

「但和真不是也有『千里眼』技能嗎？」

「「「啊。」」」

琳恩的疑問被我們的聲音蓋了過去。

這麼說來，他之前好像有說過……

「可、可是，既然拿到地圖，也知道對方的動線，或許就……不會有問題？」

「距離這麼遠，一定沒問題吧。」

「我的『千里眼』比較優秀，只要維持在勉強看得見的距離，應該行得通吧？」

所有人都語帶含糊地提出質疑，讓人有些不安，但船到橋頭自然直。大概啦。

「在這裡乾著急也沒用。他們也差不多要出發嘍。好，我們也啟程吧。我來駕車。」

「這樣啊，麻煩了。不知為何，奔跑蜥蜴也跟達斯特很親呢。那就拜託你了。」

「明明被人類女孩子當成垃圾，卻深受動物和魔物喜愛。」

「可能是身上會分泌出特殊成分吧。」

「你們這些傢伙……不要廢話了，快點上車！」

催促大放厥詞的夥伴們上車後，我將手撫上奔跑蜥蜴的背脊。

「萬事拜託了。」

我摸了摸奔跑蜥蜴蹭上來的臉頰，然後坐上駕駛座。

「達、達斯特！這個速度太奇怪了吧！」

「好快、好恐怖、好快啊啊啊啊！」

「不、不能減速一下嗎！這樣很危險吧！」

身後傳來夥伴們的慘叫聲，真是吵死了。

他們好像被出乎意料的速度嚇了一跳。

「別擔心，相信我的技術吧。」

「「「辦不到！」」」

居然在這種時候才異口同聲。這點程度的車速只是小意思吧。騎乘在龍背上翱翔時可沒這麼慢。

我發現只有蘿莉夢魔沒吭聲，於是轉頭一看。只見她身子朝外，興致勃勃地眺望著車窗外。

「比自己飛輕鬆多了～」

她可以靠自己的力量飛在空中，所以比起那些夥伴，對於速度的恐懼感沒這麼深。

「蕾茵不是說這輛龍車附有強力的結界，就算遭逢事故也安全無虞嗎？而且一旦減速，就會追丟和真他們喔。因為他們前進的速度快得離譜。」

和真一行人所搭乘的龍車遠遠跑在前方，我好不容易才追上。只要稍稍減速，距離就會一口氣被拉開。

不過那邊是誰在駕駛啊？即使是資深老司機，也要具備相當的勇氣才能開這麼快。

「喂，奇斯。你知道那邊的駕駛是誰嗎？幫我看一下。」

我抓著心驚膽戰的奇斯的脖子，把他拉到駕駛座。

「風、風壓都打在臉上了！你、你這傢伙！現在速度這麼快，不要回頭啦！看前面！」

「就說沒關係了。那邊是誰在駕馭龍車？」

奇斯膽怯地探出臉來，瞇起雙眼瞪向前方。

他似乎看見了難以置信的光景，猛然瞪大雙眼，接著一臉愕然地張大嘴巴。

「先不管在駕駛座上哭哭啼啼的藍髮女孩……唔、喂，我看到達克妮絲在駕駛座上笑得合不攏嘴耶。那傢伙是不是腦子燒壞啦！」

「你現在才發現啊……難怪他們會以這麼快的速度暴衝！」

只能祈禱不要出事了。雖然達克妮絲比較喜歡強力的碰撞就是。

總之我雙手合十，為和真一行人祈求平安。

「達斯特——！不要閉上眼！不要放掉韁繩啊！」

「少囉嗦。就說這種龍車我閉著眼也能開。你看，你看你看～～」

看到我故意擺動雙手嘲弄，奇斯的臉上頓時血色盡失。

他可能渾身無力了，便一頭栽回龍車裡。

「吶！奇斯倒過來了耶，發生什麼事了！」

「喂，奇斯失去意識了！」

身後傳來琳恩和泰勒的驚叫，但我揮揮手，丟下一句「死不了人啦」。

沒想到這傢伙的膽子這麼小。

那兩人可能無法接受我的回答，便從駕駛座後方探出頭來，張開嘴準備唸我幾句。但或許是被飛逝而過的景色嚇到，又默默地鑽回龍車裡。

因為騷動逐漸平息，於是我邊哼歌邊駕車。這時，在前方奔馳的龍車減速停了下來。

行蹤應該沒有曝光，所以我在隔了一段距離的街道旁停車。

「是不是發生什麼事了？奇斯，別癱在那裡，幫我看看那邊的狀況。」

我抓著奇斯的衣領強迫他站起身，並將他的臉轉向前方。

「終、終於停下來了。不會晃動的地面真棒，我已經可以跟地面談戀愛了……前面怎麼了？啊～～哦哦！有一大群怪物！和真他們下了車……被保護的大小姐怎麼衝出去了？」

聽了奇斯的解說，我頓時湧起興趣。但不管我再怎麼仔細凝視，還是看不出和真他們在做什麼。

我也好想要「千里眼」喔。只要學會這個技能，就可以從遠遠的地方盡情偷窺了……

「啊？喂喂，挺身護衛的大小姐舉起了劍耶——」

這個瞬間，和真一行人所在之處傳來了光芒。

我完全不知道發生了什麼事，但奇斯卻在一旁張大了嘴。這反應讓我有些在意。

「喂喂，怎麼了？別愣著一張臉，快告訴我。」

「我、我也不太清楚。那個大小姐揮劍之後，就飛出一道強光，把牛型怪物一分為二……這樣根本不需要護衛吧。」

我還以為愛麗絲很強這件事是蕾茵吹捧過頭了，沒想到是真的。可見勇者的血脈不是浪得虛名。

「這樣也不錯啊。不必擔心她會被怪物襲擊，應該能樂得輕鬆。」

接下來，我的發言便化為現實。每當有怪物出現，愛麗絲就會迅速擊退，不停重複著這樣的流程。

……這位公主也太招搖了。要騙人也該有個限度嘛。

我們毫髮無傷地順利前進，一回神才發現周遭已經暗下來了。

和真他們停下龍車，開始進行紮營的準備，於是我們也走下龍車。今天的跟蹤行動便畫下句點。

「再來只要從遠處保護他們就行了吧。依麗絲應該不能熬夜，那接下來就該輪到我們上場了。」

我重振鬆懈的心情，裝模作樣地這麼說完，背後就發出了劇烈的光芒。

我急忙轉過頭察看，發現和真等人的所在位置……築起了一棟略小的宅邸。

「那裡原本沒有房子吧？」

「對、對啊。我才想說怎麼發光了，結果忽然就蹦出一棟宅邸！」

「這、這是什麼原理啊？」

琳恩他們也一臉困惑，不知道發生了什麼事。

蘿莉夢魔雖然也嚇了一跳，但跟其他三人相比，感覺相對冷靜。

「那是一種最高級的魔道具吧。我記得是附帶驅怪結界的可攜式宅邸。」

「啊～～是巴尼爾大人很想陳列上架的魔道具之一呢。我就覺得好像在哪裡見過！達斯特先生也聽巴尼爾大人說過吧？」

「哦，對啊，有聽說過。」

其實我有親眼見識過，但沒必要說出口。

「吶，有那種魔道具的話，就不需要我們了吧？真的有必要護衛嗎……」

「我也這麼認為，但可以輕鬆不少，所以就不必抱怨了。爽爽出遊，還能拿到一大筆錢，這樣還有怨言的話，會遭天譴喔。」

這樣晚上也不用把風了。任務似乎變得比想像中還要簡單許多。

因為無須擔心愛麗絲的安危，我們也開始準備紮營。

「和真他們在溫暖的大宅中安全地吃晚餐，我們卻在野外圍著營火吃晚餐……」

「達斯特，別碎唸了，這很稀鬆平常吧。」

「大家一起在外面吃飯也很有趣啊。」

琳恩跟蘿莉夢魔都很樂觀。

泰勒不發一語地默默烤著肉。奇斯應該跟我一樣心懷不滿，此刻他卻表現得異常安靜。

他只是一直死盯著宅邸的方向看。

「怎麼回事，你居然這麼安分？」

「太沒道理了……」

他口中似乎唸唸有詞，但我沒聽清楚。

一靠近奇斯，我就聞到一股酒臭味。這傢伙竟然拿著酒瓶擅自開喝了。仔細一看，他整張臉也漲得通紅。

奇斯一直在低聲咕噥，於是我湊近他的臉，想聽聽他到底在說什麼。

「可惡啊啊啊啊啊！太奇怪了吧啊啊啊啊啊！」

「唔喔喔喔喔！耳朵好痛！不要突然大吼啦！」

「奇斯，你怎麼了！」

「是不是在晚餐前偷吃了什麼怪東西？這樣很沒家教喔。」

「怎麼了嗎？請你先冷靜下來。」

奇斯忽然莫名其妙地起身大吼，讓眾人嚇了一跳。但要是讓他繼續亂叫，搞不好會被和真發現，還會引來怪物襲擊。

我們連忙壓制，奇斯卻依舊鬧個沒完。

「冷靜點，你怎麼了！」

「太沒道理了吧！和真在宅邸中被女人簇擁，我卻在屋外飢寒交迫地紮營！」

看樣子，深埋在奇斯心中的怨懟爆發而出了。

「這裡也有女人啊！」

「哈！她們都是達斯特的陪睡女僕吧！」

這傢伙居然說出這麼可怕的話。

「不要危言聳聽，我才不會讓他對我出手！」

「就是說啊。雖然受過達斯特先生幫忙，但我們從頭到尾都只是生意上的夥伴而已！只是事務上的關係！我只對巴尼爾大人有興趣！」

我們確實不是那種關係，但被她們全力否認，還是有點火大。

「泰勒最近也有處得不錯的女人吧！就我身邊沒有對象！為什麼啊，混帳王八——！」

憤恨不滿地大吼一聲後，或許是因此滿足了，奇斯就這麼往後方一倒……睡著了。

單純只是在發酒瘋而已。雖然可以放著不管，但感覺有點可悲。

琳恩和泰勒合力將醉倒的奇斯扶起，把他帶回帳篷之中。

我向蘿莉夢魔招招手，在她耳邊低語：

「不好意思，待會兒可以讓那傢伙作個好夢嗎？費用我來出，拜託妳了。」

「他已經醉到不省人事了，不確定有沒有辦法作夢，但我會試試看……原來你也有溫柔的一面啊。」

「至少讓他在夢裡得到一點安慰吧……」

這不是溫柔，而是憐憫。而且繼續放著奇斯不管，一直惹他生氣，跟蹤任務也會受到影響。畢竟我們必須仰賴他的「千里眼」技能。

「既然奇斯倒下去了，就先由我和泰勒負責把風，妳們去龍車裡睡一覺吧。如果寂寞難耐，我也可以陪妳們睡覺，一起做深夜的上下運動喔？」

「免了。」

「如果你不想看到明天的太陽，我是無所謂。」

她們用冷漠的眼神狠狠拒絕了我。琳恩，不要故意亮出匕首好嗎？我的胯下都嚇得發抖了。我身邊怎麼盡是這種女人啊？

奇斯是不是瘋了，居然會羨慕我的處境。

「哼，這群孤苦寂寞的女人，真是不懂男人的體貼。」

「你哪裡體貼了……」

「「「是下流才對。」」」

「不要異口同聲！快點睡覺，半夜再起來換班！」

琳恩和蘿莉夢魔對我吐舌後，便走進龍車之中。

只剩我跟泰勒圍在營火邊。

「怎麼剩兩個臭男人啊。」

「那是我要說的吧。不過，你不覺得這次的委託有點怪嗎？無論是這輛龍車，還是那個魔道具，都不是一般貴族能持有的物品。她真的只是普通的貴族嗎？」

他果然察覺到了。

泰勒常常代表我們聽取委託的說明，因此比小隊裡的任何一個人都來得慎重又嚴謹，當然會起疑心。

「都說是『有名望的貴族』嘛。我猜她的地位應該很崇高吧，所以才要隱密行事。」

「也是……既然如此，為了自身安全，還是不要繼續深究吧。被貴族盯上也很麻煩。」

「俗話也說多一事不如少什麼的。我們只要暗中保護他們，拿錢了事就行。別說這些了。泰勒，你跟那個女人真的沒什麼嗎？別一個人獨享喔。你、你該不會已經背叛我們，越過那道防線了吧？吶，你說話啊？」

泰勒不會說謊，只要看他的反應就能立刻明白。

他愁眉苦臉地擺出環起雙臂深思的動作，隨即大大地嘆了口氣。

「我不知道你在妄想什麼，但我之前就說過了吧。單純只是傳授她一些冒險者的心得而已。雖然進展很順利，但既然母親生病也無可奈何。如果能和她平安再相逢就好了。」

「……這樣啊。」

她是個壞女人，你只是上當受騙了——說出這種話雖然會輕鬆許多，但我做不出這麼卑鄙的事。

雖然覺得稍稍透露事實會很有趣，但我還是作罷了。

既然他們完全沒做過色色的事，那就不要打破砂鍋問到底了。

「別說我了，你呢？雖然跟琳恩沒什麼進展，但你和那個名叫蘿莉莎的少女還有芸芸感情很好嘛。」

「哈！琳恩就算了，另外兩個還是小鬼頭耶。我又不是蘿莉控，對她們一點興趣也沒有。如果有露娜那種發育良好的大胸部，我應該會樂於出手就是。」

「那是永遠無法實現的美夢……哎呀，說溜嘴了。這是我們之間的祕密，絕對不能跟琳恩她們說喔。咳咳。無論如何也該適可而止。」

泰勒似乎對自己多嘴的舉動深感反省，只見他別開視線，用木棒攪了攪營火。
我很少跟泰勒聊這種事。可見那個女人讓他開竅了吧。
能和美豔的大姊姊共度一夜當然再好不過，但今天就用男人之間的蠢話來妥協吧。

4

隔天。
我們繼續跟蹤和真一行人。
雖然碰到敵人很多次，但愛麗絲似乎都直接秒殺了。
只有奇斯看得到那些人的狀況，所以我們只能遠遠地瞇起雙眼觀看。剛看見有道閃光，戰鬥就結束了。
雖然有點懷疑是不是真的發生過戰鬥，但途經愛麗絲戰鬥過的地方，就會看見無數被一分為二的怪物屍橫遍野。所以奇斯似乎不是在瞎扯。
隨著龍車晃了好幾天，旅途都很順遂，到現在都沒有陷入危機。
中途爆裂女孩引領眾人在河裡抓螯蝦時，我跟夥伴們實在搞不懂那有什麼意義，還為此煩惱了一番。但也只有這點小問題而已。

唯一讓我耿耿於懷的……就是一直消沉地碎唸，提不起勁的奇斯所散發出的鬱悶氣息。

一直遠遠地看著被女人簇擁的和真，似乎讓他對於自己毫無異性緣這件事無比絕望。我能理解他的心情啦。

「啊，看得到埃爾羅得了。」

「哇～比貝爾澤格王國首都還要壯觀呢。」

琳恩和蘿莉夢魔已經習慣龍車的速度了，兩人將身體探出駕駛座，指著前方這麼說道。

我被兩人包夾，她們的胸部也碰到我身上──

「如果可以再大一點，我會很高興的……」

「你說啥？」

「你剛剛說了什麼？」

「我什麼也沒說。」

我被她們用冰冷的視線夾擊。

居然道出心聲了，得小心點才行。

我佯裝無事地看向前方，便看見比阿克塞爾更加壯觀的外牆和城門。

追在和真一行人後頭，穿過城門後，熱鬧的街景便竄入我的眼中。

「哦～～密密麻麻都是人耶！而且有好多精心打扮的人，跟阿克塞爾大不相同。既然有這麼多人，搭訕應該也會成功吧？對不對，奇斯？」

「……沒錯！既然身邊沒女人，那在這裡找一個就行啦！埃爾羅得有很多好女人吧！」

我抓著奇斯的肩膀，故意興致高昂地這麼說，他也跟著嗨了起來。

我偷偷看向夥伴們，用唇語示意「你們也給我嗨一點啊」。

「就、就是說啊。至少會有一個喜歡奇斯的怪胎吧！」

「嗯嗯，只要不開口說話就好了。為了不曝露出本性，就一直用筆談來對話吧，這樣或許會搭訕成功喔！」

「是啊。只要別渾身散發出處男的氣息，就萬無一失了！」

「…………反正我就是這樣啦。」

聽完夥伴們的發言後，奇斯在龍車的角落縮成一團，還用手指在地板上轉圈圈。

他們本來想盡其所能地稱讚奇斯，但剛剛那樣只是在酸他吧。

「怎麼讓他更消沉了啊！」

「我原本是想鼓勵他啊。」

「因為他跟達斯特一樣沒什麼優點，我才找不到其他說法嘛。」

「雖然可能性近乎於零，萬一他搭訕成功，我們店裡的營業額會下降耶。」

啊，奇斯抱著膝蓋直接倒在一旁了。最近他陷入消沉的時候常常這樣。雖然睜著眼，瞳孔卻黯然無光。

「你們的用詞要再溫柔一點！一直強調他很廢，當然會傷害他啊！奇斯的確是個無藥可救的人渣，但他也是個努力不懈的男人。為了隨時迎接被女孩子倒追的機會，他每天早上都會在鏡子前面花費大把時間整理頭髮，不斷練習帥氣的台詞！不僅如此，為了在搭訕成功後能馬上滾床單，他還會浪費時間，勤勞地更換內褲呢。你們知不知道啊！」

聽到我為奇斯辯護的這番話，琳恩和蘿莉夢魔都嚇得退避三舍。泰勒則用溫暖的眼神盯著奇斯，並將手輕放在他的肩膀上。

「泰勒，不要這麼體貼！達斯特，你不要一直亂講話！可惡，等著瞧吧。我一定會在這個城市找到女朋友，過得比你們還要幸福！」

哦，他上鉤啦。稍微打起精神了吧。

旅途期間，他始終沮喪地認為只有自己沒有女朋友，讓人很難接近，這樣總算正常一點了。

重振雄風的奇斯監視著和真一行人，發現他們走進一間光看就很高級的旅店裡，於是我們也住進隔了一段距離的旅店。

「似乎可以寄放龍車和奔跑蜥蜴。那我們繼續執行任務吧。」

跟旅店店員交涉完畢後，泰勒回到房裡。

男女分別住進不同的房間，而我們現在聚集在男生房間裡。

「可是，那個叫依麗絲的大小姐是什麼來頭啊？我從來沒看過這麼強的人。實在不需要我們，也不需要和真他們護衛吧。」

「是誰都不重要吧。好了，去看看他們的狀況吧。」

奇斯似乎也覺得事有蹊蹺，但繼續深究只會變得更麻煩，所以我硬是打斷了這個話題。

我們從看得見旅店的小巷子監視旅店入口時，和真他們就走了出來。

「他們好像要去什麼地方，但依麗絲不在呢。呃，他們是護衛吧，可以丟著她不管嗎？難道這些傢伙想摸魚，跑去賭場玩嗎！」

「他們又不像你。我猜是那孩子有所顧慮，才要他們出門觀光吧。」

「大小姐還在窗邊跟他們揮手，看來應該不是他們吵著要出門。或許真的就像琳恩所說的吧。」

奇斯將手放在額頭上，窺視著旅店。

「『千里眼』真的很方便耶。就算我再怎麼努力細看，也只能勉強看到窗戶上隱約有個人影。如果有這個技能，不用離這麼遠也能看得一清二楚……」

「喂，奇斯，教我『千里眼』。」

「戰士學不來吧。像和真那種最弱職業的冒險者還學得來。」

該死！如果學會「千里眼」，就能盡情偷窺了。難道和真跟奇斯都密藏了絕佳的偷窺景點，每天晚上都偷偷地暗爽，卻只有我被蒙在鼓裡嗎！

「你這叛徒！」

「幹嘛突然揍我啊！」

「你們兩個，現在是打鬧的時候嗎？真沒想到他們會丟著護衛對象不管，各自分頭行動。兩邊的行蹤都不能忽視啊。」

「嗯～～該怎麼辦呢？總不能所有人都跟在和真他們後頭吧。得留一個人保護依麗絲才行。」

「那我留下來好了。我的身型太過壯碩，不適合跟蹤。」

因為泰勒毛遂自薦，我就把照顧愛麗絲的差事交給他了。

來到大街上的和真等人，深感驚奇地張望著四周。

如果只是單純觀光完就結束了，跟蹤在後的我們也能樂得輕鬆。

「也是。哎呀，好像有人靠近他們了。是三個男人。」

聽到奇斯警戒的嗓音，我們的表情都為之緊繃。

為了隨時應對突發狀況，我們始終保持著不會被和真等人察覺的距離。

他們的注意力似乎都在那三個男人身上。即使我們跟得這麼緊，也完全沒人發現。

「看起來像是一群輕浮男。是有錢的小少爺嗎？」

「應該吧。哦，安靜點。在這裡應該豎起耳朵就能聽見他們的聲音。」

所有人將手放在耳邊，竊聽和真一行人的對話。

「哦？幾位冒險者還真是漂亮呢。吶，前面那位金髮美女的大姊姊，別管那種不起眼的男人了，要不要和我們一起在這個城鎮逛逛啊？」

聽到輕浮男的發言，我們面面相覷。

每個人都皺起眉頭，流露出納悶的神情，我也不例外。大家似乎都無法理解那個男人在說什麼。

「那個輕浮男，該不會……是在搭訕那三個人吧？」

「喂喂，奇斯，這笑話很難笑喔。怎麼會有這麼不知死活的人啊？」

「在阿克塞爾，誰也不會做這種事。」

我正想將奇斯這般鬼扯的預想一笑帶過，剛剛一個人默不作聲的蘿莉夢魔卻插嘴道：

「等一下。那些人跟阿克塞爾居民不同，應該不知道那三位是什麼樣的人。所以光憑外表評斷的話，她們都是大美女啊。」

聽了蘿莉夢魔的見解，我才恍然大悟。

「原來如此。因為我們知道那群人的本性，所以絕對不可能魯莽地上前搭訕，但那些男人一無所知。只要沒發現她們的本性，看起來就只是三個美女……」

我們雖然也很驚訝，但當事人似乎也沒能掌握目前的情況。只見她們三人慌忙地張望著四周。

誰也不知道自己是被搭訕了……在阿克塞爾被眾人避之唯恐不及，從來沒被稱讚過美貌，所以還搞不清楚眼前的狀況啊。

「總覺得，她們這樣有點可憐耶……」

「達斯特也這麼認為嗎？既然外貌這麼出眾，當然會被人搭訕啊……」

「我也要留意自己平時的所作所為了，嗯……」

「我也有同感……」

看到三人被搭訕的場景，在場的所有人都深感同情。平日的言行舉止非常重要呢。只要不開口說話，她們的確都美得不可方物，但在阿克塞爾所做的種種怪行為，讓一切都化為泡影。

這時，三人終於發現自己被搭訕了，便急急忙忙地打理儀容。看到這個畫面，我們偷偷地擦了擦眼角。

起初她們有些手足無措，但宴會祭司得意忘形地說了幾句，那三個男人明顯稍稍提高了警戒。

爆裂女孩不顧開始起疑的輕浮男子，往前踏出了一步。

「也就是說，為了和我這個超級美少女以及這兩位美女約會，你們三個已經有不惜散盡錢財，付出性命的覺悟。所以希望我們能和你們約會。你們是想這麼說吧？」

「「「我們可沒說到那個份上。」」」

三名男子立刻回答了爆裂女孩的問題。

哎呀，輕浮男也察覺到那三人的危險性了。只見他們轉過身，聚在一起低聲地談論。

「這麼快就露出馬腳啦。搭訕失敗了。」

「再說，和真應該不會讓那種事發生吧。看到夥伴被搭訕，他不可能默不吭聲。」

話是沒錯啦。即使和真老是被她們捅婁子，有點像是監護人的立場，但這種時候他應該會一口回絕吧。

「請便請便。」

「「「咦！」」」

聽到和真這句意想不到的回答，我們和她們都不約而同地驚呼出聲。

「不會吧？啊，和真用盡全力衝出去了！」

「他拋棄夥伴了耶！」

「咦？喂，怎麼辦？再這樣下去會跟丟和真的行蹤……沒辦法，我去追我的好麻吉吧！你們幫忙監視那群傢伙！」

「喂，等一下，達斯特！不要把燙手山芋硬塞給我們！」

奇斯開口挽留，但我裝作沒聽見，從全力奔逃的和真身後追了上去。

和真的行為固然令人驚訝，但只要冷靜思考就能理解。帶著那三個拖油瓶，根本無法在埃爾羅得盡情放縱。

都來到這裡了，他也不想繼續當保母吧。那三個女生肯定會闖出大禍。

我趁亂追在和真後頭，就能藉此擺脫負責監視那些麻煩傢伙的義務。等等就隨便盯一下和真的行蹤，順便觀光就行了。

就讓我好好享受埃爾羅得吧。

5

「「「「「「喔喔喔喔喔喔喔喔喔喔！」」」」」」

會場充斥著驚嘆聲。

和真似乎想到了什麼，臨時跑去參加卡牌遊戲大賽，展開了勢如破竹的進擊。

我沒有在阿克塞爾看過這種卡牌遊戲，但和真好像知道遊戲規則，以驚人的攻勢屢戰屢勝，贏到對戰選手哭著拚命道歉。

……和真的事先擺在一邊吧。我現在沒那個閒工夫。

「喂，我怎麼會輸啊！這次你暫停一回合，讓我攻擊吧！否則我會讓你的手再也拿不住卡牌喔！」

我彈響手指，向對戰選手下馬威，結果被店員團團包圍。

「這位客人，這裡禁止暴力！客人，不可以！就說不可以了！喂，所有人過來壓制這個小混混！」

「正合我意！我要對你們的臉發動直接攻擊！一輩子都輪不到你們的回合！給我堂堂正正，一個一個放馬過來！」

「開什麼玩笑！還想耍嘴皮子啊！大家一起上，扁他！」

我丟出卡牌，朝著驚恐的店員撲了過去，但還是寡不敵眾，轉眼間就被壓制在地，被眾人狂踹。

接著，我直接被擒抱而起，塞進了某個東西裡面。

「唔喔！好臭啊啊啊啊！呸呸！可惡，居然把我塞進垃圾桶。」

我想盡辦法爬出垃圾桶，發現自己來到了會場後方。正打定主意回去唸他們幾句時，就看見和真走出店外，於是我急忙躲進巷弄之中。

和真頂著心曠神怡的表情，離開比賽會場往其他地方去了。

「雖然覺得可以丟著他不管，但又沒辦法。」

我隱去聲息不讓他發現，並追在他後頭，結果他沒做什麼引人注目的事。只是到餐廳吃個飯，在街上逛逛，又走進一間賣首飾的店。

跟著走進店裡應該會暴露行蹤，於是我在外面待命。這時我聽見一陣熟悉的爆破聲響，地面隨即劇烈晃動起來。

「是爆裂女孩放的吧。」

看吧，還是闖禍了。跟著和真過來果然是正確的選擇。

我對現在應該筋疲力竭的夥伴們敬了個禮。

和真一路愉快地觀光到傍晚時分，我跟在他後頭，回到早上與夥伴們分開的地點時，發現那群輕浮男已經在那裡了。不過少了一個人，只剩兩個。

至於和真的夥伴……達克妮絲莫名容光煥發地揹著那名爆裂女孩。宴會祭司像在鬧脾氣似的坐在地上。

「……她們闖禍了吧。」

「你想知道嗎？」

「唔喔喔喔，別嚇我啦。」

我躲在建築物陰影中時，有人從我身後喊了一聲。

將手放在我肩上，嘆了口大氣的人正是奇斯。神情疲憊的琳恩和蘿莉夢魔站在他身後。

「吶，你真的想知道嗎？吶、吶、吶？」

很可怕耶，幹嘛用死氣沉沉的眼睛逼問我啊。

「呃，不，其實也還好。我大概猜得到啦。」

「我想也是。只能說非常慘烈。連我都一反常態，忍不住對輕浮男表示同情了……如今我對負責照顧她們的和真肅然起敬。」

「嗯。和真每次都要制住那三個人啊。」

「下次他來店裡光顧時，我要好好招待他才行！」

琳恩他們好像目睹了非常慘烈的畫面，每個人都以手扶額，長嘆了一口氣。

和真那夥人似乎跟輕浮男子起了爭執，卻突然間逃了出去。

「只賠一半也好啊啊啊啊啊啊！」

我把放聲尖叫的輕浮男拋在後頭，追在和真一行人身後。確認他們衝進旅店之後，我們也回到旅店。

他們今天應該不會再搗亂了吧。明天一大早又要開始監視，於是我們便早早休息。

6

「好，睡得很沉。」

確認同房的奇斯和泰勒都熟睡後，我偷偷地從床上起身。

都來到以賭場聞名的埃爾羅得，天一黑就直接上床睡覺實在太浪費了，我才不會做這種事。而且今天還有別的事要辦。

我躡手躡腳地離開房間，和幾乎同時走出女生房的蘿莉夢魔四目相交。

向彼此點點頭後，我們一同離開旅店。

「好，夜晚才正要開始，我要去賭場大玩——」

「沒這回事。你說好今天要陪我了。」

她硬是開口蓋過了我的聲音。

雖然忘得差不多了，但待會兒我得陪蘿莉夢魔去辦事才行。

「要去場勘夢魔分店對吧。可是，既然還沒決定候補地點，現在不是應該先去賭場蒐集情報，看看是哪些客人會來消費嗎？」

「話是沒錯，但今天不能賭博喔。如果你不幫我，我不會給你優惠券。」

「好好好，交給我吧。我可是一諾千金的男人！」

我豎起大拇指，眨眨眼，擺出了帥氣姿勢。

蘿莉夢魔冷冷地看著我。

「那就快點把賒欠的款項還──」

「好，要去哪裡呢！」

再讓她繼續說下去，可就大事不妙，因此我抓住蘿莉夢魔的肩膀，奔向夜晚的大街上。

「你為什麼馬上就毀約了！腦袋裡到底裝了什麼啊！難道你把腦漿賤價賣給借錢給你的人了嗎！」

「少囉嗦。要先以顧客身分熟悉環境，才能問出情報嘛。」

一走進附近的賭場，我就把蕾茵給的訂金換成籌碼坐了下來。

蘿莉夢魔在背後碎唸了幾句，但認真就輸了。

坐在我對面的人，是個腦滿肥腸的老頭子。

脖子、手腕和手指戴滿了貴重金屬，感覺挺富裕的。完全就是多金縱慾色老頭的寫照。

藏在肥滋滋眼皮下的眼眸直盯的目標並不是我，而是在我身後憂心忡忡的蘿莉夢魔。

這傢伙也跟最近莫名有緣的蘿莉控三人組是同類，喜歡這一味嗎？

「哎呀～～今天真走運。嗚呼呼呼呼。小姐，怎麼樣，別管那個男人了，待會兒跟我去用餐如何？拋下那個一看就很沒用的男人吧。」

「啊，呃，我不要。」

面對宛如來回舔舐般的執著視線，蘿莉夢魔嚇得躲在我的身後。

「妳是夢魔，對這種事應該得心應手吧。幹嘛嚇成這樣？直接亮出妳的小胸部或內褲，他就會乖乖閉嘴了吧。」

我對蘿莉夢魔低聲說道，她就擺出一張苦瓜臉。

「總有生理上無法接受的人吧。身為一個夢魔，我當然很喜歡色瞇瞇的人，但被無法接受的人直接投射慾望，那個，該怎麼說……我覺得很噁心。呃，舉例來說，作者寫情色小說取悅讀者，跟作者本身變成性幻想對象取悅讀者，兩者是不一樣的吧？就是這種感覺。」

「啊——好像能理解這種差別。」

畢竟從頭到尾都只是讓男人作春夢而已。不用執導，也無須登場演出。在店裡穿的衣服明明跟內衣褲沒兩樣，這樣不是很矛盾嗎？

「哎呀哎呀，我被拒絕了呢。那就繼續賭吧……哦，你已經沒有籌碼了？」

「唔！」

我的手邊確實一個籌碼也不剩。

蕾茵給的訂金幾乎全花光了。但我不會就此結束！

「我還要追加籌碼！」

「咦？你已經沒錢了吧。我也沒帶錢出來，沒辦法借你喔？」

「我已經設想過這種情況，所以中午在冒險者公會先換好錢了。」

我掏出一大筆錢，跟荷官換了籌碼。

「怎麼會有這麼多錢？難不成……你在這裡也犯罪了嗎！」

「「「在這裡『也』？」」」

聽到蘿莉夢魔的發言，對戰選手和觀眾們都騷動起來。

「喂，不要偷偷叫警衛過來！不是啦，我把倒在路上的怪物拿去換錢了。雖然高價的部位已經被連根拔除，卻留下很多還能賣錢的部位。」

「這不就是搶走了和真他們的獵物……」

「說什麼傻話，我只是代為處理他們留下的魔物罷了。他們應該感謝我，沒道理責罵我吧！」

和真他們似乎對打倒的怪物沒興趣，幾乎都會碰也不碰地直接扔掉，我只是有效運用而已。

「既然你還有錢，我就不追究了。好，我們再來玩一場吧。」

「好啊。要是被我扒了一層皮，可不要哭哭啼啼的喔。」

「太蠢了吧！喂，你太蠢了吧！」

蘿莉夢魔一直在我耳邊大呼小叫。

在那之後又過了幾分鐘，我已經只剩一條內褲和一把劍了。

「可惡，怎麼會全盤皆輸呢？太奇怪了吧！」

「我也十分驚訝。你居然一次都沒贏……你還是戒賭比較好吧，聽我的準沒錯。」

我怎麼會被對戰選手同情和說教啊？

原本我還懷疑他可能是詐欺師，但從他的反應來看，應該並非如此。

可是，我真的都沒有贏耶。難道我被好運放生了嗎？

運氣啊……在冒險者公會製作卡片時，我也曾被自己低得離譜的幸運值嚇得不輕。但最近好像有某位祭司的幸運值比我還要低就是了。

或許是幸運值太低的關係，我確實很少在賭桌上取勝。

和真似乎跟我相反，幸運值很高。到目前為止，我跟他比了數十次，卻從來沒贏過。我無論如何都想贏過和真，因此嘗試過各種方法，卻還是直衝全盤皆輸的結局。

「堂堂男子漢怎麼能退縮呢！下次我一定會克服敗北的難關，奪下勝利！情況肯定會如此發展！」

「廢人才會有這種想法！你剛剛也說過這句話，但還是輸了啊！」

「你的勇氣確實可嘉，但你已經沒有籌碼了吧。既然已經散盡財產，也無計可施了。」

老頭子說得沒錯。我的錢包已經空空如也，連能夠抵押的物品也沒有。

這麼一來，我就只剩下這把劍了。但這可不是能夠用來當成賭注的東西。

「是啊，只能放棄了。」

「要是你無論如何都想繼續賭，就聽聽我的要求吧。看你想要多少籌碼，我會全數提供。」

這個色老頭想把難題硬塞給我啊。看他那個邪笑的表情，我馬上就識破他的意圖了。

但他鎖定的目標是蘿莉夢魔，所以——

「好，成交！」

我立刻回答。

「我、我都還沒說明呢，真的可以嗎？我會給你籌碼，相對地……能不能把你帶來的那位可愛女孩借給我一晚？哎呀，我也知道這樣是強人所難，所以，要是你贏了下一場賭局，籌碼的價錢就一筆勾銷，我也會收回剛剛的要求。如何？」

「好啊。」

「「咦？」」

見我立刻允諾，老頭子和蘿莉夢魔都啞然無語。

他們沒聽見我說的話嗎？

「我說無所謂。」

「等等，給我等一下——！你憑什麼擅自決定啊？我絕不同意！」

蘿莉夢魔在後面瘋狂搖晃我的身體，但我依舊泰然地緊盯著對手。

「啊，那個……要不要再稍微考慮一下呢？呃，那孩子似乎很不情願呢。而且她的外表如此稚嫩，在法律上沒問題嗎？我只是偶爾想跟年輕女孩小酌一番而已，絕對沒有性方面的企圖。即使如此，兩位可以就這件事好好討論一番，再下決定也不遲嘛。」

老頭子像機關槍般丟出一堆宛如藉口的說詞。

提議的人不要嚇成這樣啦。

剛剛那個色老頭的嘴臉跑哪去了？難道他只是單純言行怪異，實際上是個好爺爺嗎？

「也就是說，只要把她借給你一晚，讓你有個美夢就行了吧？」

「是、是啊，正是如此。這說法有點……而且你這樣重新強調，讓我有些罪惡感……」

老頭子都幾歲了，不要忸忸怩怩地玩手指啦，真是噁心。

「光明正大地面對這種事啊！凡事都這麼戰戰兢兢就輸了。你要時常對自己說『這樣是正確的』，活得囂張一點嘛。好了，不要低垂著頭，挺起胸膛吧！再跩一點，傲慢一點！」

「是、是嗎？我知道了。唔哈哈哈哈哈哈哈！窮鬼們，想要錢的話，就來對我獻殷勤吧！要不要跪下來舔舔我的鞋底啊？啊～哈哈哈！」

老頭子張大嘴瘋狂地笑了笑，接著偷偷瞄了我一眼。

喂喂，太貪心了吧，還想知道我會打幾分嗎？

我舉起雙手比出一個圈並點點頭，老頭子才笑逐顏開。

「你們不要心有靈犀好嗎！我的立場呢？吶！」

「有什麼關係。只是喝酒而已，又不會少塊肉。那傢伙感覺很有錢，如果好好煽動他，說不定他會送妳一塊分店的土地呢。而且用煽情的打扮博得好感之後，在這裡展店時，就能比其他夢魔更早取得優勢了，不是嗎？」

「啊，原來如此。說得也是……我會拚命展現自己的魅力，替你加油喔！」

蘿莉夢魔馬上把身上的衣服脫下，變成在夢魔店工作時的打扮。

這傢伙非常渴望以夢魔的身分得到認同，所以只要稍加刺激，立刻就會上鉤了。

「「「唔喔喔喔喔喔！」」」

其他客人本來都用飽受干擾的眼神看著吵個不停的我們，一看見這身跟內衣褲沒兩樣的打扮，所有人都為之沸騰。

蘿莉夢魔似乎對眾人的反應很滿意，笑嘻嘻地擺出撒嬌的動作，回應四面八方的吆喝聲。

雖然露出了蝙蝠般的翅膀，但大家都以為只是角色扮演。

「妳剛剛不是說，自己變成性幻想對象，感覺就不一樣嗎？」

「我說過那種話嗎？」

「這、這個臭丫頭……」

不要一臉無辜地歪著頭矇混過去啦。

算了。跟我對戰的那個老頭已經開始喘著粗氣，應該失去冷靜判斷的能力了吧。這樣就可以輕鬆取勝嘍？

來吧，接下來才是重頭戲！

「太奇怪了吧！怎麼會每一場都輸啊！這樣是詐欺吧！」

「呃，不，應該只是你的運氣太差了。」

坐在對面的老頭子明明一路狂贏，臉上卻直冒冷汗。

蘿莉夢魔在老頭子旁邊笑盈盈地為他斟酒。

「放棄吧，達斯特先生。我會跟這位先生去吃豪華大餐，你自己先回去吧。」

「這、這傢伙……！」

在賭局中發現這個老頭是超級有錢的地產大亨後，蘿莉夢魔就不再替我聲援，自己投向對方的陣營。

老頭子也不爭氣地露出了色瞇瞇的嘴臉。

「妳想吃什麼？我會讓妳盡情享用喜歡的菜色！」

「呀～～好高興喔～～人家會好好享用的～～」

開始狂拍馬屁了啊，喂！

雙方都各懷鬼胎的這段對話，讓我感到不寒而慄，但主要也是因為我現在只剩一條內褲了。

「我不服！我平常很少會輸成這樣，所以一定是你耍老千！」

「對啊對啊！這間賭場太奇怪了！私底下肯定在做些不法的勾當！你們想對我這位貌美如花的祭司設局，用『嘿嘿，付不出錢就知道該怎麼做吧？』這種話威脅我，逼我做色色的事對吧！只要現在坦承罪狀、表達懺悔、把賭金還我，並將今天的營業額全數捐獻給阿克西斯教的話，我就饒你一命！」

有個人用比我的抗議聲還大的音量，吼了一些莫名其妙的話。

我忍不住回頭察看。映入我眼簾的，是一名身穿藍色基調修道服的女性。

……最慘的是，我對這張臉有印象。之前去買那個御什麼的人的魔劍時，和這個阿克西斯教的糟糕祭司有過牽扯。

我不知道她叫什麼名字，也不想知道，但只要跟她扯上關係，肯定不會有什麼好下場。

「喂，祭司大人怎麼會在賭場裡啊？」

「阿克西斯教並沒有禁止賭博！我們的教義是『壓抑自我認真地生活，或是不好好努力耍廢過活，也無法得知明日會發生什麼事。與其在意未知的明日，不如全力活在當下』！」

這傢伙堂堂正正地說著腦子有病的教義。她好像不記得我是誰。

「整體來說，我也同意這種思維模式，但你們這樣真的好嗎……」

只要看那個宴會祭司，就能徹底明白阿克西斯教是多麼糟糕。他們真的是一群卑劣的傢伙。謠傳連魔王軍都不會對阿克西斯教出手。

「喂，喂！是誰把這麼難搞的客人放進來的！」

「我不是再三叮嚀，唯獨不要跟阿克西斯教扯上關係嗎！」

「非常抱歉！因為她一開始很安分……」

發現這個女人是阿克西斯教徒之後，荷官和賭場的經營者都吵嚷起來。

「別說這些了，你也是這間惡質賭場的可憐犧牲者吧！一起向巨大的邪惡勢力宣戰吧！將因為詐賭而失去的金錢討回來！話說要是不把錢還我，我今天的住宿費就沒著落了！」

「連住宿費都賠光了啊。喂喂，妳收斂一點啦。」

「……你不覺得要先照照鏡子再說嗎？」

只剩一條內褲的我似乎沒什麼說服力。

「今天就先放你們一馬，但我只想討回我的賭金。否則我謊稱要去尋找失聯的傑斯塔大人，藉此強行要來的旅費就化為烏有了！」

「妳、妳這傢伙……」

雖然不知道傑斯塔是誰，但既然是來找人，為什麼還要賭博啊？

「如果不還我錢，我也有我的考量。從明天開始，我會將這間賭場指定為阿克西斯教徒的集合地點！大家每天都可以延攬教徒、撿拾掉在地上的錢幣，過著樂趣無窮的生活！」

「太過分了！拜託別做這種事！」

祭司的威脅，讓看似店長的男子深感焦慮。

我要不要趁勢大鬧一番呢？和阿克西斯教徒為敵雖然可怕，但和他們站在同一陣線，其他人也會為之恐懼。

……老實說，跟阿克西斯教徒結盟確實令我不安，但如果只是暫時合作，應該還行吧。

「就是說嘛。之後會聚集一大堆腦殘的傢伙喔！不想看到這種事發生，就把我輸掉的錢統統還來！而且往後的每場賭局都要讓我贏，聽見沒有！」

「對啊對啊。你說得真有道理。我可以特別賜予你加入阿克西斯教的權力喔！」

這傢伙幹嘛忽然用又羞又怒的口氣講話？

不要若無其事地把入教申請書跟筆遞過來。

「奇怪？……聽說處男很喜歡這種語氣啊。」

「誰、誰是處男啊！我可是身經百戰，在阿克塞爾夜夜笙歌，睡了無數個女人導致睡眠不足呢！」

「咦？達斯特先生就是沒有對象，才會來我們店裡消費吧？晚上也睡得很安穩吧？」

這個蘿莉幹嘛多嘴啊……

妳專心取悅那個老頭子就好了啦！

「對了，我們是不是在哪裡見過面？這看似小混混又不太起眼的長相，我好像見過，又好像沒見過……如果長得很帥，我就會馬上想起來。」

「要妳管。別說這些了，你們打算怎麼做？要把錢還給我們，還是讓這裡變成阿克西斯教徒的集會場所？選一個喜歡的吧！」

「也可以順便入教喔！」

看似店長的男子聽到我們兩個的恐嚇，嘆了口氣並舉起手來，接著用力揮下手臂，指著我們喊道：

「把這些人趕出去！」

我們被黑衣人團團包圍後，不由分說地被塞進店外的垃圾桶裡。

「又是垃圾桶！我都快習慣這個臭味了！」

「居然將我這個美若天仙的祭司塞進垃圾桶，你們會遭天譴！……被玷汙的美女祭司感覺好色情喔。啊，這個便當都沒有拆開嘛，真是暴殄天物。」

從垃圾桶裡用力探出頭的祭司，一臉愉悅地拿著剩飯……她該不會要吃吧！

這位祭司還在翻找垃圾桶，看能不能挖到其他東西。阿克西斯教實在太離譜了。

「聞起來沒什麼問題，應該還沒壞。這位迷惘的小混混孤狼啊，如果你肚子餓了，我就將這個便當便宜賣給你吧。」

「開什麼玩笑！誰要吃那種東西啊！妳自己吃不就得了！」

「聖職者才不會做出這種事。難道你沒有常識嗎？」

「有常識的祭司哪會把剩飯賣給別人啊！所以我才討厭跟阿克西斯教徒打交道！」

之前去阿克西斯教大本營時，我就得到了慘痛的教訓。跟這些人扯上關係根本沒好處。

明明知道這一點，還是不該一時衝動，跟她有所牽扯。

「對了，你明明一絲不掛，為何還帶著那把劍？我記得你剛剛說自己沒錢，既然如此，把劍賣掉不就好了？啊，我想到一個好主意。將那把劍借給我吧。我向阿克婭女神發誓，我一定會用好幾倍的價格賣出，再把錢還給你。」

「當然不行啊！跟妳家神明發誓根本不足為信。這是非常重要的人送給我的珍貴逸品。怎麼可能交給妳這種女人啊！」

我從試圖搶奪的女祭司手中護著長劍。

「幹嘛這麼激動。看你充滿愛意地抱著長劍……難道你連那種都ＯＫ嗎？雖然阿克西斯教認同同性戀、近親和異種族之愛，但戀物的門檻實在太高了。」

她好像搞錯什麼了，但我連糾正她都嫌麻煩。

「囊空如洗了。真傷腦筋，我該去尋覓阿克西斯教徒，還是去給艾莉絲教找麻煩呢？」

「別煩惱這種事。對了，妳剛剛不是說，是為了找某個人才來埃爾羅得嗎？」

雖然忘記名字了，但她剛才嚷嚷說是要來找某個人，還賠光了旅費。

聽到我的疑問，這位當事人雙手環胸歪過了頭。過了一會兒，她才睜大雙眼，雙掌一擊拍出聲響。

「我當然記得。是的，我記得一清二楚。我是來尋找阿克西斯教團最高領導人——傑斯塔大人！」

「根本忘了吧……」

我用懷疑的眼神看向她，她立刻別開視線。

這傢伙壓根忘記這件事，徹底玩瘋了吧。

「我聽不懂你在說什麼。我事前接獲情報，傑斯塔大人似乎逮住了在賭場連吞敗仗，心靈飽受摧殘的客人，用花言巧語規勸他入教，我才會來賭場進行監視！」

「別用那種方式勸人入教好嗎……」

「你在說什麼傻話？透過一般的規勸方式，根本沒幾個人會加入阿克西斯教，所以要用盡各種手段才行啊。」

「喂，你們搞錯努力的方向了吧？」

「什麼意思？你這人說話還真奇怪。」

我能理解阿克西斯教的考量，只是一旦入教，感覺某種事物會就此終結。但似乎會開啟其他路線就是了。

「那妳別再賭了，趕快去找那個叫作傑斯塔的人，或是去傳教啦。」

「老實說，就算傑斯塔大人不在，對教團而言也不會有任何困擾，教團營運反而能更加順利呢。如果要傳教的話，我想鎖定多金的小帥哥，才會像這樣天天往賭場跑！」

雖然我早就知道了，但這傢伙真是個廢物。

「我很忙，沒時間跟窮人聊天了。得趕緊讓有錢人入教，讓他捐獻賭金才行。」

自稱美女的這位祭司渾身沾滿垃圾，就這麼消失在夜晚的大街上。

不處理一下身上的垃圾臭味要怎麼傳教啊？但我實在不想再跟她有所牽扯，還是別管她了。

「……回去吧。」

我已經精疲力盡，賭金也耗光了，於是乖乖地回到旅店。

7

「快點起床，和真他們有所行動了。」

「嗯啊～～現在才早上耶。」

「早上就該起床了吧。」

泰勒說了些我聽不懂的話。

在床上坐起上半身後，我將頭轉向窗戶，發現旭日光芒已經傾灑而下。

奇斯在窗邊盯著外頭看。

「一大早就這麼嚴肅，還穿得正經八百的，他們是要去哪裡啊？」

我也從奇斯身後往外看，但只看見一個小點。

到女生房間叫琳恩的時候，我發現蘿莉夢魔睡眼惺忪。

啊，果然是這樣。夢魔跟色老頭兩人獨處，不變成這樣才怪。

我用不會被周遭聽聞的音量對蘿莉夢魔低語，問她昨天離開賭場後發生了什麼事。

「昨天好玩嗎？」

「嗯，他是個很溫柔的爺爺。他有個孫女跟我很像，但孫女對他很冷淡，因此沒辦法跟孫女共享天倫樂，於是他就把我寵上了天！我特別送他一個跟孫女共同玩耍的美夢。」

「真是太好了。」

跟我預想中的發展截然不同。原來沒有發生色色的事喔？

「怎麼？難道你在擔心我嗎？」

「哪有。不要一邊竊笑還用手肘戳我的側腹！」

我幹嘛擔心夢魔啊。因為我要負一點點責任，所以有點擔心她會不會碰上麻煩就是了。

「好了好了，別再拌嘴了，走吧。」

有點起床氣的琳恩拉著我們，離開了旅店。

和真一行人朝著王城直直前進。

他們在王城前似乎有些騷動，但很快就平息下來，接著又過了幾分鐘。

「雖說埃爾羅得應該不會趕走他們，但對方似乎不允許他們進城呢。」

泰勒雙手環胸，並如此喃喃道。

太奇怪了。堂堂一國王女來訪，應當先將她迎進城內才是常識。居然讓王女在城門外等候，這種行為被評為侮辱也怨不得人。

難道是存心挑釁？埃爾羅得跟貝爾澤格的關係應該很和睦。做出這種事是會有什麼好處，實在令人費解。

「一個紅髮小鬼帶一大票人出來，雙方好像起了爭執。啊，他隨便挑釁惠惠跟阿克婭，現在嚇得要死。實在太蠢了，幹嘛跟那兩人為敵啊。」

用「千里眼」窺看的奇斯拍了拍手，覺得眼前的景象很有趣。

畢竟紅魔族開不起玩笑嘛。尤其是那個爆裂女孩，不但很容易被激怒，爆發的威力還非比尋常。挑釁她簡直是不要命的行為。

阿克婭是阿克西斯教的大祭司，所以她的腦袋有問題，還是別跟她扯上關係為妙。

「好像有個感覺是高官的男人解決了現場的紛爭，讓他們進去了。怎麼辦，我們沒辦法跟到城內監視吧。」

「蕾茵之前說，進城之後就不用多管了。接下來就是自由時間了吧？各位辛苦啦～～」

「怎麼可能啊。」

我揮揮手準備離開現場時，琳恩便扯著我的衣領將我抓回去。

嘖，我還以為可以趁這大好機會開溜呢。

「在和真他們出來之前，乖乖留在這裡監視吧。」

我們遵從泰勒的指示，在城門附近打發時間時，和真他們就走出城外了。愛麗絲看起來灰心喪志的，旁邊的人都在安慰她。

「大小姐是來見未婚夫吧？是不是跟在王城工作的未婚夫吵架了？」

「天曉得。我們只負責監視護衛，不論她的家務事跟婚約會怎樣，都跟我們無關吧。」

我隨口敷衍奇斯這個無關緊要的問題，結果夥伴們都瞇起眼看著我。

要不要同情隨便他們，但這不是我們能隨意置喙的問題。雖然有點擔心，但畢竟還有和真他們在，把公主殿下交給他們就行了吧。

「……雖然這麼說有點冷漠，但達斯特說得確實沒錯。我們繼續跟蹤吧。」

琳恩他們不太情願地接受泰勒的說詞後，便追上了他的腳步。
結果今天一整天沒發生什麼怪事，平安順利地度過了。

8

隔天只有和真和愛麗絲單獨進城，其他三人個別行動。
蘿莉夢魔今天也去陪那個有錢老頭吃飯，和他在街上到處觀光，所以現在不在這裡。
「沒時間了，快點決定吧！猜拳贏的人可以指定跟蹤對象，沒意見吧？」
我這麼說完，大家都點點頭。
於是，決定今日命運的猜拳之戰就此展開。
「太棒了！我負責監視和真！」
首先贏得勝利的泰勒，勾起了一抹奸笑。
「可惡！最輕鬆的差事被搶走了。剩下那三個人啊……全都是下下籤嘛。」
「達斯特，一樣是下下籤，也有分還過得去的跟更糟的吧。」
「下一輪沒有贏的話，我只有不祥的預感。」

奇斯和琳恩都展現出我從未見過的嚴肅表情。

老實說，雖然三個人都有點微妙，但其中一個還算有點常識。

「猜拳吧！剪刀、石頭……」

「「「布！」」」

我出布，一旁的奇斯也出布。琳恩出的……是剪刀。

「太好了、太好了！好，我要達克妮絲！」

「混帳啊啊啊啊啊！被琳恩擺了一道！她把腦殘三人組相對正常的那一個搶走了！」

「喂喂，只剩爆裂女孩跟宴會祭司啊……怎麼會有這種終極的二選一……」

琳恩樂得蹦跳起來，我跟奇斯則跌坐在地。

雖然達克妮絲的魯莽舉止和變態行為也大有問題，但除了戰鬥之外，感覺還滿正經。只要沒開啟超級被虐狂的開關，就是相對正常的。

「是我的錯覺嗎？我覺得下一輪不管是贏是輸都沒差耶。」

「好巧喔，奇斯，我也有同感……還是有點差別啦。一個是會一口氣扯出超大的問題，一個是會接連不斷地瘋狂闖禍。」

「就看是要吃上一發超猛攻擊，受到瀕死的重傷，還是要持續受到中毒的傷害啊……」

如果問我哪邊比較好，我會回答兩邊都不想要。

和一臉沉痛的奇斯猜拳後的結果——

「是爆裂女孩啊……」

我要負責監視別人剩下不要的爆裂女孩。

順帶一提，猜拳贏的人雖然是奇斯，但他一點也開心不起來。

「不過，她是要去哪裡啊？」

爆裂女孩似乎已經決定目的地了，只見她毫不猶豫地穿過賭場林立的鬧區。

離開大街後，她又走了很長一段距離，四周逐漸變成不見民宅，充滿自然氣息的景象。

雖然有潺潺溪水，但我知道她不是會天真跑去戲水的那種人。

「和真也真是的，不要直接放生這個問題兒童，還不打算監視啊。」

「你真的不懂耶。蘿莉就是要淘氣點才可愛。那對彈性十足的翹臀，今天也神采奕奕地搖個不停呢。」

「唔喔喔喔！」

我被忽然傳進耳裡的聲音嚇了一大跳，回頭一看，發現是前天那個女祭司。

這傢伙為什麼眼神淫猥地流著口水啊？

「妳、妳是從哪裡蹦出來的？」

「惠惠在哪裡，我就在哪裡。早上發現她的行蹤後，我就一直靜候她身邊的人離開，現在就逮到大好機會了！這裡杳無人煙，我就藉著打招呼之便，摸遍她的胴體。她應該會允許我這麼做吧！」

「給我等一下。」

女祭司準備朝著惠惠走去，我猛然抓住她的手。

「咦？現在是要搭訕我嗎？我是不討厭霸王硬上弓，但現在沒那個心情。而且我只對有錢人跟小帥哥有興趣。」

「誰會做這種奇怪的事啊。我現在在跟蹤，妳走過去的話就曝光了。」

「咦？追在蘿莉小女孩後面跑……你是變態嗎！」

「妳好意思說啊！聽妳的語氣，妳認識爆裂女孩嗎？」

「我們是可以一起洗澡的親密關係。我就像肉體與靈魂都與她緊緊相繫的大姊姊！」

雖然她說得自信滿滿，但她的各種言行舉止都很不真實。

再說，沒人會真的相信阿克西斯教徒所說的話。

「姊姊什麼的就算了，原來妳們認識啊……妳能不能稍待片刻再跟她重逢？」

「為什麼？我現在就想馬上抱緊處理，將蘿莉香氣吸滿我的整個胸腔。」

我原本就知道她是個危險人物，沒想到危險到這種程度。

我根本不在乎爆裂女孩會不會陷入危險的處境，但要是和真一行人發現我們可就糟了。只好隨便找個藉口阻止她行動。

「既然妳無論如何都要過去，我也不會阻止。可是妳真的要這麼做嗎？想想她現在在什麼地方吧。這裡是河岸邊，又只有她一個人……妳懂我的意思吧？」

「難、難道她是要……上廁──」

「應該是洗澡吧。」

我開口打斷這番變態發言。

「那就另當別論了。我知道了，我會含淚忍耐！」

雖然還不到咬牙握拳的程度，但她懂得收斂就好。

我們兩人遠遠地觀察著爆裂女孩，沿著河川繼續往前進。

過了一會兒，視線前方出現了滿是柵欄的景象。

「有招牌耶，上面寫著……大蔥鴨養殖場。這麼說來，這裡的觀光景點除了賭場之外，好像還有大蔥鴨養殖場啊。奇怪？她在跟職員吵架嗎？」

「如果發生什麼事，我就得馬上衝過去才行！」

我一邊警戒粗喘不已的女祭司，同時定睛察看。

爆裂女孩想走進養殖場，但看似職員的人們拚命地阻止她。
我們偷偷來到足以聽見談話內容的距離，就聽見他們的喊叫聲。
「她又來了！大家快壓住她！」
「誰快拿繩子過來！還要塞住她的嘴！」
「這、這是在做什麼！住、住手！」
職員們想齊力壓制住爆裂女孩，沒想到她卻拚死抵抗，讓眾人陷入苦戰。
「明明是個蘿莉，力氣卻這麼大！好痛！可惡，不要掙扎！」
「別把我當成小孩！把我當成渴求鮮血的野獸吧！」
少女被成年男子們從身後架住的畫面，確實應該提供幫助才行……但考慮到她平常的所作所為，就覺得事出必有因。
「他們想對我的惠惠做什麼！喂，放開我！」
女祭司一副隨時要衝出去的樣子，於是我抓住她的衣袖。
「又不是妳的。既然要救，就等狀況更危急時再現身吧，她應該會對妳心存感激。」
「令人仰慕的美女大姊姊祭司，在緊急時刻颯爽現身！還不賴耶。你的提議真不錯！」
這位祭司是不是被私人利慾蒙蔽了雙眼？但畢竟她是阿克西斯教徒，我實在無法吐槽。
不過，爆裂女孩為何會被眾人五花大綁呢？

早知如此，要是前天奇斯他們說那三人闖的禍時，我有問清楚一點就好了。就算想出手相助，我們也不能曝露行蹤。

「再觀察一下吧。」

我們又離他們更近一點，這次就能清楚聽見他們在說些什麼了。

「前天做了那種事，妳今天竟然還好意思過來啊！居然將我們注入心血苦苦培育的大蔥鴨炸死……」

「眼前出現一群大蔥鴨，就該不由分說地用爆裂魔法攻擊，這不是常識嗎！」

「從來沒聽過這種常識啦！」

原來如此。前天爆裂女孩引發的騷動，就是在大蔥鴨養殖場擊發了爆裂魔法啊。

大蔥鴨這種怪物的經驗值豐富，肉質也很肥美。冒險者們都將其視為絕佳的餌食，所以都會去襲擊人工養殖場……不，一般人不會做這種事。

「這裡的大蔥鴨，不就是為了被人打倒而養育的嗎？那麼，比起敗在名不見經傳的冒險者或貴族手下，能化為我這擅使爆裂魔法的大法師惠惠的食糧，牠們應該感到高興才是！」

「牠們在黃泉之下泣不成聲了啦！」

爆裂女孩抬頭挺胸地掀起披風這麼說著。明明被瘋狂砲轟，她卻不當一回事，依舊不改其粗神經的惡習。

我決定了，不出手救她也無妨！

不管怎麼想，職員們都沒有錯，就別管她了。

「至於前天的賠償金，那些人應該已經付清了。」

「是啊，年輕人一邊哭一邊繳清了……」

被這傢伙炸飛的大蔥鴨賠償金，原來是由輕浮男支付了。

這樣啊……那群人也辛苦了。真可憐。

「請回吧。我們不想再跟妳扯上關係了。」

「哼，你確定？我跟達克妮絲拿了點零用錢，今天確實帶著大蔥鴨的費用過來了呢。」

「都已經炸掉那麼多隻了，妳還不滿意啊……算了，隨便妳吧。炸爽了就快滾，再也不要過來了。」

職員們一臉筋疲力盡的樣子。脫離他們的掌控後，爆裂女孩興高采烈地追逐著倖存的大蔥鴨。

誰快把和真叫過來啊……

「惠惠小姐好像很開心呢。呵呵，我也加入她的行列吧。」

「情況會變得很複雜，拜託妳打消念頭吧。對了，妳不是還在找人嗎？」

「啊……可是，與其去搜索行蹤不明的傑斯塔大人，你不覺得視姦惠惠小姐興奮玩耍的身影比較重要嗎？」

「不覺得。我會告訴妳她住在哪間旅店，想見她的話，就等晚上再行動吧。跟妳同樣信奉阿克西斯教的藍髮祭司也在。」

要是讓她們碰面，跟蹤任務就會變得很棘手，於是我提出了這個建議。結果女祭司一臉驚愕地瞪大雙眼。

「阿克婭大人也在嗎？」

「哦，對啊。妳們果然認識啊。畢竟阿克西斯教徒很少嘛。」

「這樣就另當別論……我要去找傑斯塔大人了！」

她馬上放棄爆裂女孩，不知道衝到哪裡去了。

真搞不懂阿克西斯教徒的思維。

9

殲滅了大蔥鴨，心滿意足的爆裂女孩回到旅店後，和真他們也已經回來了。

聽琳恩他們說，達克妮絲好像在街上打聽什麼情報，宴會祭司則在賭場輸光了所有零用錢。

由於晚上沒什麼特別的動靜，我們也決定休息。

接下來，和真跟愛麗絲每天都會進王城一趟，剩下的人就各自行動。自此之後的每一天，也沒有引發什麼大騷動。

……頂多偶爾會從王城那邊傳來尖叫、慘叫和爆炸聲就是了。

我還以為可以繼續過著愉快又充滿觀光樂趣的日子，結果從王城回來的和真看起來不太對勁。

「和真氣到發狂了，還一直嘟噥著『我饒不了那個傢伙！』之類的話。而且大小姐也很消沉，和真在跟她講話時，她也心不在焉。」

今天負責監視和真的奇斯雙手環胸，仰頭看著天際。

「吶，他們真的只是去見未婚夫嗎？是不是有點可疑啊？」

「委託人蕾茵都這麼說了，我們也只能相信。就算真有內情，還是別知道太多比較好。別說這些了，之後要怎麼辦？」

我們的工作是監視和真一行人，以及保護愛麗絲。即使這件事攸關王國，我們也沒理由繼續深究。

因為這裡沒有冒險者出場的餘地。夜晚陪公主殿下出去轉換心情，就已經是極限了。

而且公主殿下似乎已經心有所屬。兄弟，就拜託你照顧她了。

「畢竟和真偶爾也會做出驚人之舉，老實說，我很擔心。」

「雖然和真總是扮演監護人的角色，行動力卻高得異常。」

也難怪泰勒跟琳恩會顯得憂心忡忡。

和真一行人有過破壞阿克塞爾城牆，以及炸飛領主宅邸的前科。甚至還在結婚典禮上從阿爾達普手中搶走達克妮絲。

就算他們在埃爾羅得闖出什麼大禍也不足為奇。應該說早就已經搞出好幾件事了。

「要不要派誰潛入他們的旅店探勘情報？」

「可以把這個任務交給我嗎？我想報答各位把我帶來這裡的恩情。雖然我的魔法在戰鬥中派不上用場，但這種時候應該能出一份心力！」

既然蘿莉夢魔奮力舉手毛遂自薦，我本來想將這件事全權交給她負責，但不知為何連我都得一起去。

「為什麼我也得一起潛入不可？」

「因為你這幾天都假借監視之名泡在賭場裡吧？還擅自動用了回程的旅費。」

我在和真他們入住的高級旅店附近如此埋怨，一旁的蘿莉夢魔顯得一臉無奈。

「我能怎麼辦？誰教這裡有賭場嘛！」

「你就沒有自制力嗎？」

「沒有！想做的事就去做！不想做的事就打混摸魚！這就是男人的生存之道！」

「給我跟全世界的男人道歉。」

我沒把碎碎唸的蘿莉夢魔當一回事，並抬頭看向眼前的建築物。

整體外觀比我們入住的旅店明顯高了一個層級。

「就算要潛入，這種旅店也沒辦法讓我們隨意進出。現在要怎麼做？我看先放把火燒了，趁工作人員逃出來的空檔潛入吧。那就拜託妳嘍。」

「我才不要！」

我把這麼重要的任務讓給她，她居然揮拳抵抗。

「我已經有對策了，包在我身上。我們可以隨意進入，請跟我來吧。」

她自信滿滿地站在旅店前，直接開門走了進去。

「喂、喂喂，會被趕出去啦！」

我擔心地出聲制止，結果看似旅店警衛的男子們早已站在我們眼前。

看吧，這下可好了！

「晚安～～」

蘿莉夢魔完全不怕這群冷酷的男子，若無其事地開口打招呼。她在想什麼啊？

「哦～～妳來啦。今天也過來玩嗎？」

只見那群男子分為兩列，後頭則是先前和我在賭場激烈對戰過的那個老頭子。

那傢伙也住在這裡啊？

「嗯嗯，今天我還帶了好朋友達斯特先生一起來，不行嗎？」

「哎呀～～當然可以啊！既然是蘿莉莎的朋友，我也非常歡迎……嗯～～是之前在賭場見過的那個男人啊。爺爺不贊成妳跟小混混來往喔。蘿莉莎，朋友要慎選才行！」

不要一臉厭惡地用斜眼看我。

「好，我會銘記在心。爺爺最近睡得好嗎？」

「啊啊，託妳的福。跟蘿莉莎聊過天後，那天晚上就能作個好夢，每天都睡得很安穩呢。謝謝妳為我擔心。」

那副笑容滿面，溫柔傾訴的模樣，就像是對孫子說話的和藹老爺爺。

他們的感情不知不覺變得這麼好啦。

「因為達斯特先生一直吵著要看這間大飯店裡頭是什麼樣子，我能帶他進去參觀嗎？」

蘿莉夢魔將手指抵在臉頰上，身體搖來晃去地發出撒嬌的嗓音。

我雖然很想吐槽，但既然此舉能奏效，我還是保持沉默好了。

「那當然。我會跟這裡的老闆知會一聲，你們就自由參觀吧。我還準備了零用錢給妳喔。」

「謝謝，我最喜歡爺爺了！」

被蘿莉夢魔抱住脖子的老頭，臉上的笑容更是鬆懈不已。

就算再沒用，她還是個夢魔啊。攏絡男人的手腕真是高明，佩服佩服。

我和蘿莉夢魔得到自由探索旅店的權利後，便前往事先調查過的和真等人所入住的房間，並在門前豎起耳朵偷聽。

他們講得很大聲，因此隔著一扇門也能聽得一清二楚。

『——事情就是這樣。我想教訓一下那個死小孩。』

『好，你說得對極了，和真。不過就是只會賺錢的埃爾羅得，哪能任他們瞧不起我貝爾澤格啊！居然將愛麗絲殿下看得那麼扁，那個小鬼，我要宰了他！』

和真和達克妮絲都氣到抓狂了。

偷聽這段對話後，我就能理解大致的狀況了。

愛麗絲跟埃爾羅得的第一王子雷維有婚約，但對方卻取消了婚事，甚至還說要終止對貝爾澤格王國的防衛經費援助。不僅如此，還百般嘲弄愛麗絲，讓和真大發雷霆。

埃爾羅得的宰相好像說了經費不足這個理由，但光看街道的模樣，只覺得埃爾羅得的錢多到花不完，非常興盛繁榮。

……總覺得有點內幕，但跟我們無關。

「請、請問，聽他們這麼說，感覺依麗絲小姐其實就是名為愛麗絲的王女殿下……這有可能嗎？」

「沒錯，這是我們之間的祕密喔。」

「咦咦……！」

蘿莉夢魔差點驚呼出聲，我趕緊摀住她的嘴。

「這件事攸關國家問題，不能對外透露喔。一不小心就會賠上小命。」

被我摀著嘴的蘿莉夢魔點了幾下頭，應該沒問題了，我才鬆開手。

「達斯特先生也知情嗎？……難道你不但知情，還藉此要脅對方，如果想你守住祕密就給你錢？」

不要嚇得往後退好嗎？

「我又沒有笨到會跟王國為敵，怎麼可能做這種事啊。我是前陣子跟她扯上關係時偶然得知的，但一直裝作沒發現。奉勸妳也保持沉默比較好。」

「是啊。真不想知道這種事。」

手。

好了，該怎麼辦呢？

那群人雖然常常做蠢事，但總有和真負責阻止。這回卻是和真衝在最前面，情況十分棘手。

「先回去夥伴們那邊好了。」

我們偷偷離開旅店，和琳恩他們會合。

我向他們說明埃爾羅得那幫人的詭計，但將最關鍵的部分捨棄不談。

「因為大小姐的未婚夫瞧不起她，所以和真他們就氣到快抓狂了，對嗎？雖然能理解他們的心情，但也鬧得太誇張了吧。」

「半夜擊發爆裂魔法引發騷動，趁城裡的警備渙散時，和真就潛入王城，威脅在王城裡工作的未婚夫？完全是犯罪行為嘛。」

「雖然應該出手制止，但要是我們的行蹤曝光，就會違反契約。」

我看著夥伴們湊在一起討論的畫面，但從剛剛開始，我就覺得有點不對勁。

聽了和真他們的作戰計畫，我雖然也一樣擔心，卻覺得哪裡怪怪的。

「如果這裡是阿克塞爾，就算施放爆裂魔法，頂多只會被罵個幾句就沒事了吧。」

蘿莉夢魔苦笑著這麼說。聞言……我才恍然大悟。

「這樣啊，妳說得沒錯。這裡是埃爾羅得，我想應該沒問題。」

我這麼說完，大家都不明所以地皺起了眉。

我們跟在和真一行人後頭，發現他們避開門衛的視線，離開了這個城鎮。

我們躲在城門附近，讓奇斯用「千里眼」窺視，並告知目前的狀況。

「他們往那座稍微高起來的小丘移動了。喂喂，真的要這樣搞喔？惠惠開始詠唱魔法了喔！」

循著奇斯的視線方向望去，發現黑夜中浮現出一道奇妙的光芒。

那是爆裂魔法的光線！

「摀住耳朵！」

我們用雙手摀住耳朵的同時，爆炸引發的巨響和強風頓時席捲而來。

「剛、剛才的光芒跟聲響是怎麼回事！」

城門附近的士兵們全都躁動起來，這時我佯裝驚慌地衝了出去。

「救、救命啊！有一群腦殘在那座山丘上施放了威力非同小可的魔法！」

「什麼！在哪裡，請你說清楚一點！」

將和真等人的所在位置告訴士兵後，我便目送他們遠去。

我跟夥伴們一起偷偷跟在後面，發現宴會祭司跟和真他們不知為何被不死族追著跑，最後還被逮捕了。

夥伴們從頭到尾都一臉愕然地看著這一切。

「我說過不用擔心吧。」

我對他們這麼說。

「這裡可不是阿克塞爾。一般來說，闖出這種大禍自然會落得如此下場。至於為什麼會被不死族包圍……這一點就不得而知了。只要把他們關進牢房，他們就不會做出更愚蠢的行為了。回去睡覺吧。」

等到騷亂不安的夜晚告一段落，精神上已經筋疲力竭的夥伴們睡著後……我悄悄地離開了房間。

雖然手邊沒錢，讓我安分了好幾天，但今天至少可以去夜遊一下吧。

時至深夜的阿克塞爾，街上的店面大部分都打烊了，但埃爾羅得不一樣。

賭博王國是個不夜城。現在都已經三更半夜了，街上還是被燈光點綴得五彩斑爛。

「而且還拿到了賭金呢。」

我手上有一大筆錢。被蘿莉夢魔迷得團團轉的老頭說「幫我拿給蘿莉莎」，要我把這筆零用錢轉交給她。

只要將這些錢當作賭金大贏一筆，翻個好幾倍再還給蘿莉夢魔，她應該就不會抱怨了。

「好啦，雖然對被關進牢裡的和真他們不好意思，但我要玩個痛快！既然上次鬧過場的那間店將我設為拒絕往來戶，今天就去這一間吧。」

只要我屢戰屢勝，把錢還給蘿莉夢魔之後，就用剩下的錢，讓夥伴們入住階級更上一層的旅店吧。

底下是冰冷的石子地板。眼前是微微出現鏽蝕的鐵欄杆。

充滿潮濕霉味的房裡，只有銬住囚犯的鎖鏈和骯髒的廁所。

我愣愣地看著掛在前方通道上的燈火，搔了搔腦袋。

「……這是怎樣啊啊啊啊啊！」

現在的我，居然在監獄裡。

第三章

和那位首領一起逃獄

1

這裡比我在阿克塞爾住慣的牢房還要大。

可是天花板很低，又沒有窗戶，顯得壓迫感十足。

「我怎麼會在牢房裡啊？」

事到如今，我已經不會因為牢獄之災而感到焦慮，但我卻想不起身在此處的緣由。

「印象中，我在賭場裡邊喝邊賭……一路輸到底……因為荷官是個美女大姊姊，我一邊對她性騷擾，一邊怨聲載道地瘋狂鬧場，接著警察到場對我說『這傢伙有在警戒名單裡！』就把我逮捕了。到這裡為止我都還記得，但我為什麼會在這裡？」

「原因就出在這裡啊。」

有人對我的自言自語吐了槽。

似乎是從通道另一側的牢房傳來的。

由於光線昏暗，看不太清楚，我定睛一看，發現那裡有個人影。

「還有其他人在啊。你也在賭場大鬧了一番嗎？」

「不不不，我只不過是在賭場裡對輸錢的人宣揚人生的美好。『若有任何煩惱，就快樂地活在當下，讓自己放逐至輕鬆的彼方吧。不要壓抑自我，順著你的本能前進吧。』我只是以這番教義，誘使人們更加沉淪賭海罷了。」

「……嗯？」

我好像在哪裡聽過這個台詞。

「我只是在宣揚教義而已，卻被聽從布道的那些人的家屬猛烈抨擊。諸如『我的老公變成白痴了！』『賭輸了還想找奇怪的藉口！』『他索性擺爛變得好可惡！』等等無憑無據的批評蜂擁而至。」

「完全有憑有據好嗎……」

「反正都要罵了，我希望他們痛罵我的時候，眼神能再輕蔑一點，對我吐口水也行。」

男人的開始粗喘起來。聽到他的聲音，我就確定了。

這傢伙肯定是……

「你是阿克西斯教徒吧。」

「哎呀，你真內行。似乎很有看人的眼光呢。」

「大家都看得出來吧。你待在這裡多久了？」

「這個嘛，大約兩週左右吧。不過，幸好你來了。這裡只有晚上才會放飯，其他時間我都是孤伶伶一個人，閒得要命呢。雖然放置玩法也別有一番風味，但我還是喜歡直接被痛罵一頓。而且獄守還走女教師路線，真讓人興奮難耐。」

我不想知道你的性癖。

這傢伙被關兩個星期了啊。真令人意外。

「我聽街上的人說，這裡窮凶惡極的罪犯不多，所謂的監獄只是形式上用來保護醉漢跟窮光蛋的溫暖設施。所以我以為隨便鬧一鬧也無所謂。可惡，我中計了！」

「我也聽過這個說法，但這裡似乎是特殊的監獄。不是用來拘留罪刑輕緩的罪犯，而是關捕為數不多的重刑犯。好像是這個國家的宰相祕密建造的。」

原來如此。有賠光錢財就無理取鬧的蠢蛋，自然也會有鎖定有錢人的強盜。看準治安良好故意下手的人渣到處都有。

「但他們是不是搞錯了，怎麼會把我當成罪大惡極的嫌犯呢？我只是喝了點酒，性騷擾外加鬧場而已耶。如果是在阿克塞爾，只會讓我在牢房裡睡一晚，或唸我幾句就沒事了。」

「說得沒錯，這個城鎮實在太缺乏包容了，真令人不勝唏噓。我必須廣布阿克西斯教的教義，讓居民都能大而化之、不拘小節，自由奔放地活下去才行。」

「打消這個念頭吧。不要再製造出阿爾坎雷堤亞那種城鎮了。」

我之前在阿克西斯教大本營——阿爾坎雷堤亞碰上一堆鳥事。

光是待在那座城鎮裡，感覺頭腦就會越來越笨，簡直恐怖到極點。就算給我錢，我也不想再去第二次。

「哎呀，你知道阿爾坎雷堤亞啊。其實我在那座城鎮擔任阿克西斯教的最高領導人，名為傑斯塔。往後還請多多指教。」

說著說著，那個男人便走到鐵欄杆旁。他身上穿著阿克西斯教的法袍。

這傢伙是那個怪胎集團的首領喔。

感覺只是個不起眼的大叔嘛。話雖如此……卻有點不太對勁。到目前為止的言行舉止，應該不可能全是捏造或演出來的，但是該怎麼說……不，我想太多了。恐怕只是我的錯覺。

「你就是傑斯塔啊。有個女祭司一直在找你喔。」

「是嗎？來找我的應該是賽西莉吧，還是崔絲坦呢？無論如何，看來沒有我在，教團裡的大家都很擔心呢。」

他似乎深受感動，雙手合十向神祈禱。

還是別跟他說那個祭司壓根放棄找人，徹底玩瘋的事實好了。

「擔心啊……只有一個晚上還無所謂，要是再多關幾天，他們就會多嘴吧。唉，回去之後，泰勒跟琳恩一定會把我抓去訓一頓。」

「教會的人們都在為我擔心，我也厭倦這種監獄玩法了，正想離開呢。」

話雖如此，我現在根本沒辦法逃出牢房。雖然想確認牢房內的看守狀況，但所見範圍內，只有眼前那個身穿法袍的男人。

現狀就是，儘管我很想付諸行動，卻又無計可施。

我才這麼想著，牢房裡便響起一陣高跟鞋的喀喀聲。

「你是半夜被送過來的吧？」

一名將紅髮束成馬尾，眼神銳利的女子出現在我面前。

雖然她是個大美女，但整體裝扮和散發而出的氣勢，都跟之前在阿克塞爾見過的檢察官瑟娜雷同。

「原本要把你關在一般牢房，但昨天出現很多醉漢跟闖禍的搗蛋鬼，才破例把你送到這裡。」

她指的是和真他們吧。

「什麼嘛，原來是這樣。我還嚇了一跳，真是虧大了。可以馬上放我出去吧？」

「是啊。前提是待會兒在偵訊中沒有發現任何疑點。這是可以偵測謊言的魔道具。我會用這個進行訊問，請你老實回答。」

女子將那個小鈴放上設置於通道盡頭的老舊桌子上。

那不是關照過我好幾次的魔道具嗎？只要說謊就會響個不停，吵得要命。

要用這個魔道具進行偵訊啊，可見這位和瑟娜很像的女人也是檢察官。

「能被美女訊問，根本就是獎勵嘛……」

傑斯塔好像說了什麼。

檢察官不發一語，只往那邊瞥了一眼。但她明顯表現出侮蔑的神情。

「好啊，無所謂。反正我沒做什麼虧心事。」

叮——鈴響了。

「……我還沒開始偵訊呢。」

該死的魔道具，怎麼忽然有反應啊？

檢察官用意有所指的眼神緊盯著我不放，於是我別開了視線。

「咳咳！重新開始吧。你的名字是？」

「達斯特。」

叮……剛剛那一瞬間，鈴差點要發出響聲，卻又立刻靜下來了。

「嗯？這反應很奇怪呢。要響不響的，故障了嗎？」

所以我才討厭這個魔道具。

「問問其他問題，馬上就會知道有沒有故障了吧？」

「說得也是。那麼，你昨天在賭場涉及性騷擾和暴力行為，沒錯吧？」

「喂喂，我只是稍微和大姊姊有點肌膚接觸而已吧。喝醉時不是常常會順勢碰到別人的手或胸部嗎？有時候也會不自覺地將手握緊啊。」

「不自覺？意思是你抓捏過好幾次嗎？」

「……只是碰巧吧？」

「可是根據被害人的指控，她的胸部和臀部都被你摸了好幾下喔。」

「……我要保持緘默！」

居然把細節都抖出來了。檢察官怎麼一個個都這麼纏人啊。

「而且我哪有行使暴力，太小題大作了吧。只是拳頭很用力碰到他而已。如果是在阿克塞爾，根本不會叫警察過來，當場被人海扁一頓就沒事了。」

女檢察官看了看小鈴，卻毫無反應。

「阿爾坎雷堤亞也頂多只會被警察追一追，稍微唸個幾句而已。沒什麼大不了的。」

聽傑斯塔這麼說，女檢察官又看了小鈴一眼，結果還是沒響。

「……你們住的地方是無法地帶嗎？剛剛來自阿克塞爾的那群人也說了一樣的話。」

「別這麼失禮好嗎？我們還是會取締犯罪啦。之前有冒險者破壞城牆，還爆破了領主的宅邸，都有確實將其逮捕。」

「冒、冒險者！……那是魔王軍才會做的事吧？」

驚慌失措的檢察官又看了幾次小鈴，但小鈴卻依舊沉默。

我說的是事實，鈴當然不會響。

「阿克塞爾的冒險者到底……唔、嗯～～原本想偵訊其他問題，但這個魔道具好像壞了。算了。你叫達斯特是吧？由於你這次罪刑不重，就將你移送到一般牢房吧。」

「那當然。我實在想不透自己為什麼會被逮捕！」

「太好了，達斯特先生。對了，請問我要在這裡待到什麼時候呢？我應該也是因為某些誤會才會被帶過來，想跟我道歉的話就趁現在。既然要承認自己的過失，能不能請妳踩著我的臉，用傲嬌的語氣向我道歉呢？」

傑斯塔整個人趴在地面上，抬頭看著檢察官提出如此要求。

檢察官連忙壓緊裙襬往後退。

「是、是宰相拉格克萊夫大人命令我們不能釋放你的！我不太清楚詳細的情況，但你到底犯了什麼罪啊？」

「這個嘛……」

「妳無權過問。」

傑斯塔驕傲地挺起胸膛，正準備侃侃而談時，一名匠氣非凡的男子出聲打斷了他。

是在我們聊得正起勁時出現的嗎？

「拉格克萊夫大人！」

檢察官立刻挺直背脊，退到鐵欄杆邊。

這傢伙就是傳說中的宰相啊。根據我在賭場聽到的傳言，這個國家的王子很蠢，宰相則是個行事犀利的人才。因此主導國政的人並非王子，而是宰相拉格克萊夫。

這麼厲害的男人居然會出現在此，傑斯塔到底幹了什麼好事？

「我要跟他談點事情，妳可以退下了。」

「遵命！告辭！」

檢察官迅速地敬完禮就回去了。

確認通道盡頭的大門關上後，拉格克萊夫轉而看向傑斯塔。

「我看了報告，你是阿克西斯教的最高領導大祭司吧？偏偏是阿克西斯教徒啊……唉。」

他打從心底感到厭煩地嘆了口氣。我完全能理解他的心情。

跟阿克西斯教扯上關係準沒好事。

「我們在視察賭場時見過面，你還記得吧？」

「那當然。我像平常一樣在傳教時，你提出無理的要求，要我停止這種惱人行徑嘛。」

「我只是說了『不要在賭場內傳教』這個一般常識而已吧……也罷。當時你對我說了什麼呢？可別說你忘了喔。」

他們完全無視我的存在，自顧自地繼續說著。但我也很在意後續發展，還是先閉上嘴吧。

「哦，我說了什麼讓你不爽的話嗎？我記得只是建議埃爾羅得把國教改成阿克西斯教。」

「就算天地逆轉也不可能發生那種事。不過你真的不記得在那之後還說了些什麼嗎？你把我臭罵一頓呢。」

只因為被別人講壞話，就懷恨在心嗎？

哇——這些貴族怎麼一個個心眼都這麼小啊？雖說是貴族，但達克妮絲要另當別論。如果對她臭罵一頓，只能算是褒獎而已。

「啊～～那個啊。我逼問了『你把賭場贏來的錢上貢給魔王軍，跟他們結黨成派了』還有『其實你是魔王軍的一員吧』這些問題吧。」

「你似乎想起來了。我本來想當成阿克西斯教徒的譫言當場帶過，但就算再沒用，你好歹也是阿克西斯教的領袖，我應該好好稱讚你才是。你居然能發現我的真實身分。」

……他好像說了些奇怪的話。「我的真實身分」？

這位忽然現身的拉格克萊夫宰相，到底在說什麼啊？

「真實身分？……我只是因為在賭場輸錢很火大，才把責任歸咎在魔王軍身上而已。不過挺有趣的，我就順勢接話吧。」

這位破戒祭司剛剛說了些什麼？

雖然拉格克萊夫沒聽見傑斯塔的低語，但我可是聽得一清二楚。

「承蒙您的讚美。看來我等的教義並沒有錯。阿克西斯教中存在著一條崇高的教義——可以將所有霉運和不幸都轉嫁在魔王身上。」

「就是你們這樣亂搞，世上才會廣傳魔王陛下的各種流言蜚語！魔王陛下才不是那種人！」

拉格克萊夫說出了超級偏袒魔王的言論。

這樣就等於承認自己跟魔王軍有關係了吧。

我根據剛剛那番意味深長的發言深思了一會兒……難不成這個宰相——

等一下，我心中充滿了不祥的預感。如果我猜得沒錯，要是聽到後續的對話是不是不太妙啊！

「哎呀哎呀，宰相大人說出這種話沒問題嗎？簡直就像你真的是魔王軍的一員似的。」

到方才為止，傑斯塔還面帶沉穩笑容，此刻他的眼裡卻毫無笑意。

「雖然有些誤解，但阿克西斯教徒果然是個棘手的存在。好，我就把真相告訴你吧。反正你這輩子都離不開這座牢房了，我又何必隱瞞。我……」

喂，等等！不要繼續說下去！

「……我就是魔王軍諜報部隊隊長，幻形妖拉格克萊夫！」

我急忙摀住耳朵，但來不及了！

他居然爆出了這麼驚人的內幕。可惡，我又不想知道！

「我的眼光果然沒有失準！方才那些行為，只是要從你口中引出這句話的演技罷了！我早就嗅到你身上有些許魔族的味道！」

雖然用耍帥的姿勢指著對方這麼說，但這是天大的謊言！你的眼光完全失準了嘛！

看他對自己的言行舉止一臉沉醉的樣子，就能一目瞭然。他只是想講這句台詞而已。

「真有你的，阿克西斯教大祭司。你的聰明才智似乎為你帶來了不幸。但我不會立刻對你處刑，因為我還有其他要事得辦。在我解決那邊的狀況之前，我會繼續讓你苟活於世。」

拉格克萊夫這麼說完，便轉身背對傑斯塔。

他轉身之後，我就在他的正前方了……我們當然會對到眼。

拉格克萊夫驚訝地瞪大雙眼。我露出諂媚的笑容，並對他揮揮手。

「糟了，居然還有其他囚犯在……這樣啊，你的運氣真差。既然你聽到剛剛那些話，就不能留你活路了。」

聽到這句可想而知的發言，我的諂媚笑容變成了苦笑。

傑斯塔揚起優柔的笑容看著我。

「別在意。」

說了這句話。

「開什麼玩笑！不要因為你一時大意就把我捲進來！這跟我沒關係，放我出去！」

「……那個，就是……抱歉，讓你發現了我的真面目……永別了！」

拉格克萊夫立刻轉身離開現場。

「別想逃，喂！我不需要男版的冒失鬼！給我回來——！」

我的吼叫聲被猛烈關上的鐵門聲壓了過去。

真的假的。擅自說了一大堆我不想聽的話題，還蠻不講理地把我捲進去了。喂喂喂。

「沒想到順著他的話題走，能挖掘到這個祕密。這也是絕不容許惡魔和不死族的阿克婭大人的指引吧。」

「對我來說祂只是個瘟神！怎麼辦……這個國家的宰相居然是魔王軍的一員。」

雖然我不想知道這件事，卻還是知情了。這是無可顛覆的事實。

我猛烈地搔搔頭。為了讓自己冷靜，我做了個深呼吸。

「吸～～～吐～～～～就算慌張也無濟於事。」

鎮靜下來後，最先浮現於我腦海中的念頭，就是和真他們平安與否。

王女愛麗絲的未婚夫所治理的國家，掌權者宰相居然是魔王軍的手下。這已經不是糟糕二字足以形容的了。

那傢伙剛剛說的「別件要事」，肯定就是指王女愛麗絲吧。

我的情勢雖然不妙，但和真他們也岌岌可危。我想做點什麼，但該怎麼做才好？

「你似乎為煩惱所困呢。跟我談談吧？我已經習慣聽人懺悔和自白了。」

「是誰害我為煩惱所困啊！你才該去懺悔！」

傑斯塔在鐵欄杆後頭，用閃閃發亮的眼眸看著我。

他看起來有點開心，是我的錯覺嗎？

「雖然你一副事不關己的樣子，但你知道自己的處境比我還糟糕嗎？再這樣下去，你一定會被殺掉。」

「我被殺掉的話，阿克西斯教的傳教活動就會停滯不前了。我都還沒玩夠呢，得想想辦法才行。我也不可能放過魔族。這樣的話……我們只剩下一個手段了。沒錯，就是逃獄！」

「別說傻話……不，確實只剩這個方法了。如果把拉格克萊夫跟魔王軍有關這件事爆出來，就算逃獄也不會被定罪。值得賭賭看。」

既然還有閒工夫煩惱，就應該趕緊採取行動。於是我們在各自的牢房裡展開地毯式搜索。

牢房內沒有窗戶，只有廁所。鐵欄杆雖然有些鏽蝕，卻十分牢固。

我抓著鐵欄杆又推又拉，卻還是紋風不動。

「這種時候，就該在鐵欄杆淋上汗水、血液或尿液讓它生鏽。其實我比較希望由女性來做，但你比較喜歡汗水還是尿液？」

「不管哪一種都超浪費時間啦！而且不要偷偷在話題裡參雜你的性癖！我們沒有時間了。不早點通知和真他們的話，真的會鬧出人命。」

「你剛剛說到和真大人他們？」

傑斯塔一臉嚴肅地壓在鐵欄杆上，緊盯著我看。

剛剛那副悠哉悠哉的表情消失無蹤。

「哦，對啊。你認識我的麻吉和真嗎？」

「只知道他的名字而已。更重要的是，和真大人現在和誰在一起？」

「依麗絲還有平常那群人吧。爆裂女孩、超級被虐狂十字騎士，還有宴會祭司。」

「原來……如此。既然這起事件和阿克婭大人有關，我也該拿出真本事了。」

傑斯塔露出不適合他的嚴肅神情，環起雙臂低喃了幾句。

我搞不懂他在想什麼，還是別抱太大的期待好了。

我認真地四處敲牆壁，尋找是否有脆弱之處，但這個工作實在太無聊，我馬上就膩了。我向趴在地面上不知道在幹嘛的傑斯塔搭話，順便打發時間。

「你為什麼會來埃爾羅得？是來宣揚阿克西斯教嗎？」

「那只是順便而已。我們阿克西斯教徒會暗中祕密地看熱鬧……觀察……保護某位大人。聽說那位大人即將前往埃爾羅得，我得到情報後，心想可以巧立名目地在賭場玩個痛快，所以自願接下這個差事。」

「這話由我來說不太適合，但你還真是忠於慾望耶……」

「這就是阿克西斯教。」

傑斯塔堂而皇之地說了這句話。看著他的身影，我好像稍微被阿克西斯教吸引了。

不過，受到阿克西斯教徒祕密保護的對象究竟是誰呢？居然能讓史無前例的那幫人擔心，我看不是超級怪咖，就是個令人遺憾無語的傢伙吧。

隨後，我們默默地調查牆壁和地板，卻沒找到任何能幫助逃獄的線索。

2

自然的光線完全照不進這間牢房，因此不知道具體時間。約莫過了幾個小時後，有人送食物來了。

拿著食物的獄守是個面無表情，宛如人偶般的男子。

「我說你啊，能不能幫我逃出這裡？你知道嗎？那個宰相好像是魔王軍的一員呢。追隨那種人，你也會被當成魔王軍的手下，受到刑罰喔。」

一般人聽到我說的話，應該會有點動搖，但他卻毫無反應。看也不看我一眼，只是默默地放下食物。不管我說什麼，他都不當一回事，完全不理我。

「我知道了。你那嚴謹的行事態度真讓人佩服。如果你聽從我的要求，我就介紹一間店給你。店裡的漂亮大姊姊會實現你所許下的極品美夢……喂，你要去哪裡！聽我說完啊！」

我大吼大叫地想留住獄守，他卻頭也不回地離開了。

「沒用的，達斯特先生。那個人也是魔族之一。這座監獄可能已經布署了拉格克萊夫的手下。別說這些了，關於剛剛那個能實現極品美夢的話題，你能不能再說清楚一點！」

「你幹嘛這麼起勁啊！」

「世上居然有那種讓男人美夢成真的店嗎！至於我所期望的美夢，就是惡魔以外的各種女性將我團團包圍，帶著藐視的眼神痛罵我，用討好的上揚視線跟我撒嬌，或是纏著我請求原諒。這種後宮般的美夢也可以實現嗎！」

傑斯塔抓著鐵欄杆瘋狂地搖個不停。他的口水甚至噴到我這裡來了。

「不要這麼興奮！剛剛那件事——」

再怎麼說，都不能把夢魔店的事情告訴祭司吧。

「當然是我在故弄玄虛啊。如果真有這種店，我也想請人幫忙介紹一下。」

「這樣啊……說得……也是……」

他垂下雙肩，心情完全跌入谷底。

「哎，乾著急也沒用。他似乎沒有要餓死我們的意思，還是先吃飯吧。」

沒想到送來的餐食還挺像樣的，於是我準備開動。但將食物放入嘴裡之前，我忽然打消了念頭。

「應該不會下毒了吧？」

「就算食物有毒，我也有能力解毒。儘管放心吧。」

「啊，這樣啊。祭司還真是方便。喂！你可不能在解毒之前拚命狂吃耶！如果你也倒了，誰來解毒啊！」

傑斯塔的臉頰膨得像松鼠似的。他似乎沒想到這一點，還拍了拍手表示佩服。

「就叫你別吃了！」

「那可真是失禮了。但我的身體並無異狀，應該沒問題。對了，我從剛剛就一直很在意，達斯特先生跟我的餐食是否不太一樣呢？總覺得你的菜色比較多。」

聽他這麼一說，我才終於發現這一點。我的餐食確實比傑斯塔的多了兩道菜，甚至還附有甜點，數量和品質都好上許多。

「拉格克萊夫那傢伙，因為一時大意就把我捲進這件事，所以想跟我賠罪是吧……」

「達斯特先生，其實我有個小祕密。我得了一種罕見疾病，只要沒把肚子吃到撐就會死亡。還有，如果飯後沒吃到甜點，身上就會冒出腫瘤。」

「這樣啊，真是悽慘。哦，還滿好吃的嘛。」

傑斯塔含著手指直盯著我看。我沒理他，把食物一掃而空。

他那張羨慕不已的臉，卻微微地泛起了紅暈……我還是裝作沒看見吧。

吃完飯後，我便躺上骯髒的地板，望著上方的天花板。

「肚子也填飽了，明天再來想吧……」

現在最重要的是養精蓄銳。我對自己拋出這個藉口後，就沉沉睡去了。

3

在那之後又過了好幾天。

「我已經不想再數天花板上的汙漬了……」

「是啊。自從那天以來就毫無變化。這裡充斥著魔族的臭味，我的嗅覺都麻痺了。」

起初我還試著在牢房內四處調查，心想總會有辦法，卻連半點逃獄的頭緒也沒找到，真是嘔死了。

現在的我只能幹勁全無地在冰冷地板上滾來滾去，尋找哪個地方躺起來比較舒服。

「你是大祭司吧。隨便轟一發魔法讓我逃獄啊。」

「如果能使出這麼方便的魔法，我就會更加大膽地肆意使用了。」

「咦？你這樣……難道還算壓抑嗎？喂，不會吧……？」

我在牢房裡就只能跟傑斯塔聊天，所以偶爾會跟他聊聊，但他常常講出連我都嚇得退避三舍的奇聞軼事。如果是不堪入耳的話題，中途我就會讓大半的內容左耳進右耳出。

傑斯塔現在也活得十分自由奔放，但他居然還沒發揮全力啊……

「這間牢房似乎被施以特殊魔法，所以我完全無法使用祭司的魔法。」

畢竟是魔族，自然會想辦法對付祭司。

「那就沒轍了……我本來想聽聽就算了，但是等等，你之前不是說就算食物有毒，還能用魔法解毒嗎？」

「哈！哈！哈！幸好沒有下毒呢。」

傑斯塔馬上顧左右而言他。再也不能相信這個人了。

不能使用魔法的傑斯塔只是個廢物。這樣我就只能自食其力了。

「完全束手無策啊。如果這時候有人颯爽現身營救，我就會送上熱情的感謝之吻。」

「我才不要。」

「不要用女生的聲音講話，很噁心耶。」

「我這麼噁心真是不好意思。那我要直接回家了。」

剛剛那個聲音……該不會！

我彈起身子循聲回頭望去，發現笑容滿面的蘿莉夢魔站在鐵欄杆外。

「什麼，妳——」

「哦哦哦哦，這個地獄居然有女神降臨！達斯特先生，如果你認識這位小蘿莉，請務必跟我介紹一下！」

把臉湊近鐵欄杆的傑斯塔，把蘿莉夢魔嚇死了。

那張異常亢奮的表情，任誰看了都不敢恭維。

「冷靜點。」

「外表看似清純，內在卻隱藏了無與倫比的性感。我能清楚感受到這股氣息！來吧，讓我沉眠於妳的性感溫柔鄉，對我吐露出妳的所有慾望！我敢發誓，無論再怎麼特殊的性癖，我都會欣然接受！」

「咦咦咦？達斯特先生，這個人是怎樣！」

蘿莉夢魔緊緊抓著我這間牢房的鐵欄杆，亟欲跟瘋狂搖晃鐵欄杆的傑斯塔保持距離。

「別擔心。他不是壞人，但也不是什麼善類，只是個變態而已。」

「除了擔心還是擔心好嗎！那個，不好意思，請問你到底是何方神聖？」

「抱歉，失禮了。信徒數量穩坐世界之冠，信奉受到萬人擁戴的女神——我就是在全世界如此吹噓的阿克西斯教大祭司，名為傑斯塔。美麗的小姐，往後請多多指教。」

雖然介紹詞有點詭異，但他卻面帶微笑，回得彬彬有禮。如果不知道他的本性，他看起來就是個模範祭司。

「阿克西斯教的大祭司！」

聽完他的自我介紹後，蘿莉夢魔的臉色瞬間變得鐵青。

「何須如此驚恐呢？對人對己都十分親切的阿克西斯教徒，對同志來說人畜無害呢。」

對同志以外的人來說，只是棘手又擾民的存在而已。

血色盡失的蘿莉夢魔蹲坐在地，並朝著我揮揮手，於是我湊近鐵欄杆。

「達斯特先生，絕對不能公開我的真實身分喔！」

「為什麼？」

「我之前不是說過了嗎？阿克西斯教對惡魔和不死族絕不會手下留情！」

對喔，上次去阿爾坎雷堤亞的時候，她確實有說過。

我記得那裡的阿克西斯教徒也嚷嚷著「打倒惡魔」之類的話。

「雖然整件事被傑斯塔搞得一團亂，不過蘿莉夢……蘿莉莎，妳怎麼會出現在這裡？」

「我是來救你的。好好感謝我吧。」

「這其實算是令人動容的場面，但剛剛那段廢到不行的對話害我沒辦法提起興致……」

「說得也是……」

我們費了好大一番功夫，才雙雙露出苦笑。

但還是很感謝她來救我。

「不過妳怎麼潛進來的？而且妳居然知道我在這裡。」

這裡似乎是極機密的牢房，要查出具體位置也是難如登天。

老實說，我不認為蘿莉夢魔具備這種諜報能力。

「這要感謝巴尼爾大人。之前占卜時，他似乎看到達斯特先生未來會遭遇到這種事，便提前告訴我。所以我一直偷偷在觀察達斯特先生。畢竟我是夢魔，夜視能力很強嘛。」

「真不愧是老大！只能跟他一輩子了！」

「這次巴尼爾老大會提供意見，似乎是想報答你，讓他能將庫存的魔道具賣給那個人類女子。」

是指上次我反過來惡整敲詐泰勒的那個新手冒險者吧。

巴尼爾老大明明是惡魔，卻比那群人還要講義氣。

「妳來救我，我是很高興啦，但妳身上有鑰匙嗎？」

「有啊，我有帶。」

蘿莉夢魔鏘啷鏘啷地拿出一串鑰匙。

接著用鑰匙打開了我的牢房門鎖。

「嗯～～終於脫離牢獄生活，真是得救了。」

「這是巴尼爾大人的命令。達斯特先生，你可以幫那個阿克西斯教徒開鎖嗎？我不太想靠近他。」

她把那串鑰匙交給我，於是我打開了傑斯塔的牢房門鎖。

蘿莉夢魔確實很害怕阿克西斯教徒，但她好像更不會應付傑斯塔這個人。要她相信那種舉止猥瑣的大叔，應該不可能吧。

「非常感謝妳的幫助，但妳是怎麼進來這座監獄的？」

「那個，呃，達斯特先生的朋友幫了一點忙，告訴我通往監獄的捷徑。因為只有身型嬌小的人才能通過，所以就讓我過來了。不過，兩位的體型應該沒辦法使用那個捷徑。」

蘿莉夢魔說得語無倫次。

她說謊的功力還是一樣差，但傑斯塔似乎沒察覺異狀。

「一直跟男人待在牢房裡，就覺得女性的存在特別耀眼呢。怎麼樣，我們教團還有蘿莉名額，要不要以教團招牌女教徒的身分入教呢？」

「呃，那個，我考慮一下……」

「妳要考慮到何時呢？我們教團擅長察言觀色，會將模稜兩可的回答視為肯定。來，簽下這份入教申請書吧！唔，入教申請書都被沒收了，那就改簽在我的內褲上吧。」

「咿咿咿咿！」

「你只是想露出內褲而已吧！她快嚇死了，快點住手。」

要是夢魔加入阿克西斯教，那可真是前所未有的事蹟。

蘿莉夢魔非常懼怕傑斯塔，哀求我出手幫忙。於是我抓住她的肩膀，把她拉離傑斯塔身邊。

「等逃獄之後再說吧。接下來才是問題所在。既然我們不能使用捷徑，之後就只能用正攻法逃獄了。這座監獄應該布署了拉格克萊夫的魔族手下。」

「那個，我剛剛看了一下監獄出入口，那裡有幾十個看似士兵的人來來去去的喔。」

「唔，這樣可能有點麻煩。」

傑斯塔雖然擺出雙手環胸深思的姿勢，他的眼神卻一刻也沒有離開過蘿莉夢魔。

我將蘿莉夢魔往身邊拉近，和傑斯塔保持距離。

「對了，妳是怎麼潛進來的？抄捷徑也是騙人的吧？」

「啊，你發現啦？其實我是用很簡單的方式混進來的。你想想，我是夢魔對吧。我在士兵們面前現出真面目，說是接獲拉格克萊夫大人的命令，過來讓你們作春夢，他們就直接放我進來了。」

這樣啊。同為魔族，就不必擔心被懷疑了。

他們應該沒想到蘿莉夢魔是我們的夥伴吧。

「其實我原本想把達斯特先生的劍也帶過來，但再怎麼說也不能攜帶武器進來。」

「是嗎？那也沒辦法。」

那個武器在不在身邊，確實讓我缺乏平時的安心感，但沒被奪走就是萬幸了。幸好沒把那把劍帶去賭場。

「那個，我之前一直很在意，達斯特先生很重視那把劍吧？你明明這麼不修邊幅，卻唯獨對那把劍細心呵護。」

「那是因為……戰士可是將性命託付於武器之上，當然要好好重視。」

她好像不能接受我的說法，瞇起眼直盯著我看。

我還以為這小鬼沒什麼想法，沒想到觀察還挺入微的。

「別說這些了，接下來到底該如何是好？只能先讓妳出去替我們把風，或是支開警衛的注意力，再趁隙逃出去了……」

「是啊。因為警衛的數量非常多，我覺得用正攻法擊敗敵人的逃獄方式不可行。」

「武器也放在旅店裡。赤手空拳實在沒辦法有什麼作為。」

正當我和蘿莉夢魔陷入苦惱之際，從剛剛就一直有喀鏘喀鏘的聲音從後頭傳來。我心想是不是傑斯塔在搞什麼花樣，於是轉頭一看，只見他打開通道盡頭的鐵門，擅自往前走去。

「等、等、等一下！我剛剛不是說有警衛嗎！把我的話聽進去好不好！」

「我知道，但這裡的士兵都是惡魔吧。那就沒問題了。」

「你在說什麼？問題一大堆吧。對手是人類也就算了……小心後面！」

我們只顧著談話，結果有個頭上長角的惡魔發現了我們。他舉起劍就從傑斯塔身後衝了過來。

傑斯塔回頭一看，並將手高舉——

「『Sacred Highness Exorcism』！」

他施放出魔法，被擊中的走廊上便浮現出魔法陣，緊接著有道閃耀奪目的白色光柱直衝天花板。

「嘰呀啊啊啊啊！」

被聖光包覆的惡魔一擊就被消滅了。

原來傑斯塔不是只出一張嘴的變態啊……

蘿莉夢魔在後面緊抓著我的衣服。看她嚇得魂飛魄散的表情，就知道這個魔法的威力有多驚人了。

「阿克西斯教團中，沒有等級比我更高的大祭司。既然能使用魔法，對手又是惡魔和不死族，那就萬無一失了。」

傑斯塔挺起胸膛這麼說道。打從見面以來，我第一次覺得他可靠。

傑斯塔將掉在地上的劍撿起來遞給我。

「比起劍，你其實更擅長使用其他武器吧。先用這個將就一下。」

這傢伙……明明沒看過我戰鬥的樣子，但光從舉止和動作，就看出我擅使的武器了嗎？魔法的威力還這麼強，這男人實在不好對付。

「既然有能力高強的祭司在，那就另當別論了。前面就交給你吧。蘿莉莎，那邊太危險了，妳跟上來的時候離遠一點，不要靠近喔。」

「是啊。光是有小蘿莉替我加油，我就勇氣百倍了。如果能叫我大哥哥、父親大人，或是把拔的話，我的魔法威力會倍增喔。」

「咦？我不要。」

明明嚇得半死，還能馬上拒絕啊。

4

接下來就是傑斯塔一支獨秀的時間。

這座監獄裡只有惡魔和不死族，所以祭司的魔法成效立見，對方根本無以匹敵。

我負責將敵人引過來，再由傑斯塔施放魔法攻擊。因為魔法只對惡魔和不死族有效，對我毫無影響，因此可以毫無顧忌地捲入戰局瘋狂攻擊。

「魔法對達斯特先生無效啊。你的心靈那麼汙穢，我還擔心你會被淨化呢。」

「這不是廢話嗎！真要說的話，如果必須維持清心寡慾，那傑斯塔使出魔法的瞬間就會自我引爆了吧。」

「說得也是……他會被自己的力量淨化吧。」

蘿莉夢魔打從心底認同我的說詞，並用冰冷的眼神，看著喜孜孜地追著女惡魔跑的傑斯塔。

「啊啊，我感受到凍入骨髓的藐視眼神了！」

傑斯塔非但不覺沮喪，還興奮起來。

簡直就像達克妮絲那副被虐狂的鬼樣子，但傑斯塔可不只如此。他好像喜歡被痛罵一頓。

「妳看看，不趕緊逃命的話，會被魔法擊中喔！」

「為什麼我的身體毫髮無傷，卻只有衣服被剝得這麼乾淨啊！」

「這是我平時的鍛鍊所賜！為了能精準消滅沾染惡魔精華的衣服，我可是下足了苦心啊。這份努力總算有了回報，才能造就此刻的光景！人類就是經過努力不斷成長的生物。」

「別用精華這兩個字！努力不懈的變態好噁心啊啊啊啊啊！」

語帶哽咽，四處逃竄的女惡魔，身上的衣服變得殘破不堪，呈現半裸狀態。傑斯塔還追在她後面跑。

……如果在地表之上做出這種事，絕對會被警察好好關照一番。

「絕對不能曝光，絕對不能曝光，否則不知道會被折磨成什麼樣子……」

看到眼前的畫面，蘿莉夢魔嚇得六神無主，不停地咕噥著同一句話。還是先把她護在我身後好了。

傑斯塔已經失控衝到我們前面去了，就別管他了。

結果他玩弄女惡魔玩過頭，讓她逃走了。取而代之出現一大堆骷髏。

骷髏手持各種武器，要是直接應戰，會非常棘手。

「哼，身材毫無曲線，也不會出聲，真是無聊透頂。看我一口氣送你們上西天。『Turn Undead』！」

骷髏被傑斯塔的魔法全數弭平了。

「這下就輕鬆了。雖然你的個性很怪，但真希望隊伍裡也有一個祭司啊。」

「要不要我從阿克西斯教團派一位過來？」

「那就免了！我想要的是正常的祭司。到目前為止，我碰過的阿克西斯教徒都不是什麼好東西！」

和真小隊的宴會祭司，以及在這個城鎮再次碰見的女祭司都很不正常。而且教團的領導人還是這副鬼樣子。

「我還覺得達斯特先生跟阿克西斯教很合得來呢，真是遺憾。」

「怎麼可能。」

「兩位有很多共通點啊。或許就是因為太相似，才覺得很棘手吧。這就叫同類相斥。」

「別把我跟他混為一談！」

蘿莉夢魔居然語出驚人。

我是不會堅稱自己是個嚴謹的老實人，但也沒有像阿克西斯教徒這麼離譜吧。

「如果你對阿克西斯教有興趣，隨時都可以找我洽詢。我們的大門永遠為你敞開……哎呀，這下麻煩了。」

嘴上說著麻煩，他的臉上卻揚起了笑意。

我想說應該不是什麼大事吧，於是循著傑斯塔的視線看去，結果看到一塊詭異的岩石。巨大的岩石連接著較小的石頭。整體看來是個由巨石製成的扭曲人偶。

「哇啊，感覺又大又硬……」

「是魔像啊。」

「如果對方是惡魔或不死族，倒是不成問題，但祭司不太會應付魔像。這裡能不能交給你處理呢？」

傑斯塔退到我身後。

沒辦法，看來輪到我出場了。

「好，你們就在後面好好欣賞我的英姿吧！」

魔像的身形雖然比我大三倍以上，動作卻十分遲緩。

我打算以俐落的身手玩弄它一番，破壞它的關節。

「咕喔喔喔喔！」

魔像緩緩地舉起手臂。

它的動作也很大，渾身都是破綻。只要避開這個攻擊，衝進它的懷裡，就能輕鬆解決。

我不慌不忙地躲開揮落而下的巨石之拳——

才剛聽到風的呼嘯聲，魔像的手臂就以異常的速度伸了出去。只見巨石之拳急速逼近後方的蘿莉夢魔眼前。

我立刻撲向蘿莉夢魔。

「你、你要在這裡對我毛手毛腳嗎！」

「最好是啦！」

我抱著蘿莉夢魔千鈞一髮地避開攻擊，跌落在地。

「呀啊啊啊啊啊啊！」

「耳朵跟手臂好痛啊啊啊！該死，擦傷了。」

受到撕裂傷的上手臂鮮血直流。本來想躲避攻擊，結果魔像的力量大得離譜，傷勢也比預想中還要嚴重。

「是、是為了保護我……你沒事吧！」

「只是擦傷而已，沒什麼好擔心的！」

蘿莉夢魔發出悽慘的叫聲，我將沒受傷的那隻手舉起來，表示沒有問題。

雖然如此逞強，但傷勢有點嚴重。出血量也不小，會對行動造成阻礙。

「『Heal』！感覺怎麼樣？」

我的手臂在溫暖光芒的包覆之下，傷口瞬間癒合了。

「哦，傑斯塔，真有你的！」

居然能輕易治癒這道傷口。光論能力，他果然十分優秀。

如果有傑斯塔在後方待命，那我受一點小傷也無所謂。就強行拉近雙方的距離吧。

我避開連續擊來的拳頭，來到劍可及的範圍內後撲向魔像，並往它的足關節撞去。

「唔喔！太硬了吧！連關節都硬梆梆的。身手還這麼俐落，看來這個魔像經過特殊強化了。」

如果是一般的魔像，剛剛那一擊就能破壞它的關節，讓它因為自身重量而崩毀。

「達斯特先生，要打倒魔像，似乎只要削去頭部的文字就好了！」

「我知道啊，但我搆不到嘛！」

根本用不著蘿莉夢魔提醒，我也知道魔像的弱點在哪裡。

魔像頭上刻有魔法咒文。只要削去部分文字，就能將其破壞，而這也是最基本的攻擊方式。但是魔像也會動，要削去頭上的文字太麻煩了，所以大部分的冒險者都會用蠻力破壞。

這傢伙的塊頭那麼大，我用這把劍再怎麼揮，都碰不到它的頭部。

「達斯特先生，請用這個吧！」

我聽到傑斯塔的呼喚後轉頭一看，眼前就出現一支閃閃發光的槍尖。

「唔喔喔喔！好、好危險。差點就要刺到我的臉了！轉成反方向再丟過來啦！」

「抱歉，我丟得太用力了。但你用那個武器就能打倒魔像了吧？」

我在千鈞一髮之際抓住的是一把長槍。是剛剛那些骷髏手持的武器之一。

傑斯塔果然看出我擅長的武器了。

雖然不想讓別人看見我使槍的樣子，但在變態祭司和夢魔面前應該不成問題……如果被那位大人發現，我應該會被罵得很慘吧。

「達、達斯特先生，小心後面！」

用不著聽蘿莉夢魔的叫喚。

我將長槍尾端抵上地面，以長槍為軸心高高飛向空中。

我看著從腳底劃過的岩石之拳，在空中調整姿勢，和魔像面對面。此時視線前方就是刻在魔像頭部的那串文字。

我用槍尖削去其中一個字後，魔像就立刻崩毀了。

「達斯特先生，你的表現太精彩了。」

「彼此彼此。」

我無意跟男人打成一片，但可以稍稍認同傑斯塔這個人了。

5

敵軍似乎被我們擊潰，再也沒有出現了。

這座監獄應該建於地底，走道盡頭有座長長的螺旋梯。我們花了很長一段時間走上去後，終於抵達地面。

「哦，已經入夜了。」

打開厚重的鐵門後，外面是被高牆包圍的街景。抬頭一看，天空閃耀著無數星辰。

這種看似小巷弄的地方，居然隱藏了監獄的入口啊。還真是大膽。

監獄入口處有兩個假扮成人類的惡魔，但傑斯塔不由分說地對他們擊發魔法，因此沒有危險性。

「吶，如果對方是人類怎麼辦？」

「唔，也有這種可能性。但是別擔心，這個魔法對人類無害，只對惡魔有影響而已。」

傑斯塔這麼說，並對蘿莉夢魔露出了微笑。

蘿莉夢魔拚命地點頭稱是。

……難道傑斯塔已經看出她的真實身分了嗎？在知情的情況下，還以對方恐懼的模樣為樂……感覺很有可能。算了，我也不知道真相如何，還是別刻意提起好了。

「嗯～～苦窯外的空氣太新鮮了。」

「達斯特先生，你好適合說這句台詞喔。」

「要妳管。對了，妳知道和真他們的狀況嗎？」

雖然到現在才想起這件事有點過分，但我當時實在沒那個閒工夫。

既然沒有來處分我和傑斯塔，就代表和真他們平安無事吧。

「和真先生他們嗎？已經離開埃爾羅得，回去阿克塞爾了。」

「……咦？喂喂，真的假的。吶，琳恩他們該不會也丟下我不管，跟著回去了吧？」

我逼問膽怯不已的蘿莉夢魔後，她就別開視線，用手指搔了搔臉頰。

「喂喂喂，不會吧……他們不會這麼無情，拋下夥伴直接回家吧？」

「這、這個嘛……」

正當蘿莉夢魔有些歉疚地準備開口時——

「剛剛的光就是這裡發出來的嗎！這裡是拉格克萊夫祕密建造的監獄……難道是他的手下嗎？不准動！」

手持武器的埃爾羅得士兵們闖了進來。

他們好像看見了傑斯塔施放魔法發出的光芒。

「是不是哪裡搞錯了？我們只是被關在這裡而已。」

「我們？這裡不是只有你一個人嗎！」

「喂喂，這是什麼話？你們也說句話啊。」

說完，我轉頭看向身後，卻沒看見傑斯塔和蘿莉夢魔的身影。

只見傑斯塔逃往後方的小巷弄，蘿莉夢魔則展翅飛向夜空。兩人的背影變得越來越小。

「他們居然敢丟下我！」

「抓住他——！」

「我又要被逮捕了喔！」

終章 為那位淫魔孤注一擲

1

「我已經膩了……」

還以為逃獄成功了，結果又被關進其他牢房裡。

不過這次跟拉格克萊夫無關，他們應該會好好聽我解釋。

對了，來到這裡我才聽說，拉格克萊夫好像被愛麗絲親手消滅了。

似乎是和真做了什麼好事，把拉格克萊夫逼得走投無路，正想強制引發騷動時，卻反遭討伐。

雖然事件草草收場，但也因此知道他們平安無事，還是老實地感到慶幸吧。

「這裡住起來比那間牢房還要舒適，悠哉一點好了。」

既然和真他們沒事，宰相也消失了，就無須擔心生命安危。我就輕輕鬆鬆地待到被釋放為止吧。

這裡的地板躺起來比之前被關進的那間牢房還要舒服。我躺在地上耍廢時，看似士兵的一群男子來到牢房前，開啟了門鎖。

「終於要放我出去啦？總算是還我清白了……喂，幹嘛蒙住我的眼睛？還綁住我的身體！好痛好痛，不要拉我啊！這是什麼玩法嗎！」

士兵們不顧我的怒吼，推著我的背，準備把我帶到某處。

雖然我試圖抵抗，但在看不見前方，行動也受制的狀況下，我無計可施。

被迫走了很長一段距離後，這次他們抓住我的肩膀，逼我坐下來。

綑綁身體的繩索和蒙住眼睛的布被鬆開後，令人眩目的強光便竄進我的雙眼。

「唔喔，好刺眼！啥？為什麼把我帶來賭場啊？」

還以為可以出獄了，卻忽然直衝賭場。簡直莫名其妙。

「你是阿克塞爾的冒險者達斯特，沒錯吧？」

有個語氣囂張的小鬼，趾高氣昂地坐在椅子上看著我。

這小鬼身穿要價不斐的服裝，態度囂張到極點。他身邊還有幾個武裝士兵跟惹人厭的隨扈。

「問別人的名字之前，要先報上自己的名字吧。沒人教你嗎，小少爺？」

「混帳！竟敢用這種語氣對雷維王子說話！」

此時開口怒吼的人不是小鬼，而是其中一名隨扈。

哦～這小鬼是埃爾羅得的王子，也就是愛麗絲的前未婚夫啊。

是因為跟拉格克萊夫有過瓜葛，或是我跟和真和愛麗絲之間的關係曝光，他才會直接找上我吧。無論如何，我心中只有不祥的預感。

「你這位王子殿下，找本大爺有何貴幹？」

「又用那種不敬的口氣！」

「無妨，你退下吧。我直接跟他說。」

雷維王子瞪了一眼，隨扈就退到後面去了。

「拉格克萊夫似乎給你添麻煩了，關於這點我先致上歉意。你雖然犯了罪，卻沒有嚴重到需要受牢獄之災，這點已經獲得證實了。我答應你，只要在這裡跟我談完，我就會釋放你，也會將行李一併歸還。」

哦，真是出乎意料的發展。

被蒙住雙眼帶到這裡來之後，眼前居然出現了這個國家的王子。

我剛剛雖然有點虛張聲勢，但我領悟到此刻的處境十分危急。

我往士兵遞過來的袋子裡確認了一番，發現所有行李都在裡面……我的劍也完好無傷。

「你很明事理嘛。那就這樣吧。」

我起身準備離開現場，身後的士兵卻又抓住我的肩膀，強迫我坐下來。

「話還沒說完呢。除了把你關進大牢之外，還有另一個問題。我們抓到了一個女惡魔，你認識她嗎？」

雷維王子這麼說完，並打了個響指。被後方的士兵帶到現場的，竟是蘿莉夢魔。

「呃！妳怎麼會在這裡啊？不是拋下我逃走了嗎？」

「對不起～～～！但我別無選擇嘛～～～」

被士兵押著走的蘿莉夢魔，淚眼汪汪地走了過來。

「而且妳……為什麼穿成這樣？」

「不要一直盯著我看，我覺得好丟臉。」

她滿臉通紅地扭動著身體，真的很害羞的樣子。

看著蘿莉夢魔羞怯的模樣，我實在想不透。

平常還光明正大地穿著近乎全裸的服裝，有必要這麼害羞嗎？

現在這件衣服的裸露程度不高，尺寸也小了一圈，非常合身，甚至能清楚看見身形的輪廓。

「喂，那身裝扮哪裡丟臉？那是阿克西斯教祭司穿的衣服吧？」

「嗚嗚嗚，是啊，穿上這件衣服讓我覺得不舒服又丟人現眼，完全使不上力。居然讓我蒙受這樣的恥辱！」

雖然她用手摀住臉大喊「拜託別看我這副模樣！」，但我根本不能理解她在害羞什麼。仔細觀察後，發現這件衣服的尺寸合身到足以透出內褲的痕跡，有種莫名的妖豔感。但這樣總比平常跟內衣沒兩樣的打扮好多了吧。

「我可是被迫穿上惡魔天敵的祭司服裝啊！換個方向思考看看吧。如果讓祭司穿上夢魔的服裝，也會覺得丟人現眼吧！」

「感覺有點像歪理耶？」

雖然我無法接受她的說詞，但對蘿莉夢魔而言，這身打扮似乎讓她十分屈辱。就先裝出已經理解的樣子好了。

「你們果然認識啊。你知道拉格克萊夫是魔王軍的一員吧。在這種情況下，自然不能將女惡魔放著不管。我在考慮要叫她去強制勞動，還是把她丟給阿克西斯教徒處理。」

「丟丟丟丟丟丟、丟給阿克西斯教徒處理！」

原本就已經淚眼汪汪的蘿莉夢魔，此刻更是臉色蒼白地渾身發顫。

難怪她會怕成這樣。阿克西斯教徒是出了名地討厭惡魔。跟傑斯塔聊過之後，就能深切體會到這個傳言並不誇張。

「還是先等一等吧。把這傢伙交給阿克西斯教徒的話，不知道她會受到何種待遇喔。」

聽到我指出這一點，蘿莉夢魔瘋狂地不停點頭，速度快到整張臉都要糊掉了。

「我知道，所以才要把她交出去，藉此轉移目標。你知道阿克西斯教徒正在這個國家做什麼好事嗎？」

雷維王子用手壓著眉頭，大大地嘆了一口氣。

「呃，不知道，我一直被關在牢房裡。」

「唉～～～那些傢伙……自稱阿克西斯教最高幹部的傑斯塔和女祭司打頭陣，帶著一幫阿克西斯教徒在王城前和賭場內展開抗議行動！嚷嚷著『請對非法囚禁一事進行謝罪和賠償！只要將國教改為阿克西斯教，我們就會撤退！』『如果看不到你們的誠意，我每天都會和大家跑去賭場搭訕女客人和女荷官！』『小蘿莉跟小帥哥也是我們的狩獵目標！』每天都鬧得不可開交！」

「哇啊──」

長期被關在那間牢房裡，積怨已久的傑斯塔徹底失控了。

至於阿克西斯教徒的動機，應該是半是刁難，半是尋開心吧。

「為了轉移目標，安撫群眾，我打算把她當成祭品。」

「怎、怎、怎、怎麼這樣！被丟進那種地方之後，他們會對我做出什麼事啊！我還沒坐上店裡的紅牌寶座耶！啊，如果信奉阿克西斯教，就能得救了嗎？可、可是，變成阿克西斯教徒的話，會被巴尼爾大人討厭啊！」

蘿莉夢魔似乎因為恐懼而亂了陣腳。明明是個惡魔，卻口出驚人之語。

「他們好像還有小蘿莉的空缺，懇求傑斯塔的話，應該有機會獲救吧？但感覺代價是會落得比死還不如的下場……」

傑斯塔一定會樂不可支地玩弄蘿莉夢魔。那傢伙絕對會這麼做。

「他們肯定會每天都把雜事推給我做，用餐時間會在我的杯子裡倒入聖水，像個小姑似的說著『哎呀，不想喝我幫你倒的水嗎？』對我百般刁難！或是將聖水混進溫熱的洗澡水中，對我施以水刑……！」

蘿莉夢魔似乎如實想像了被阿克西斯教徒玩弄於股掌間的畫面，精神瀕臨崩潰邊緣的她，開始大翻白眼並渾身發顫。

要是置之不理，我真的會良心不安。

「不能想想辦法嗎？這傢伙雖然是惡魔，但跟魔王軍一點關係也沒有。她反而是對人類有益的夢魔。你可以用那種測謊魔道具來判定真偽。」

「都說到這個份上了，應該是真的吧。不過，就算你沒說謊，現在這種情勢之下，我也不能輕易釋放惡魔。你應該能理解吧……對了，希望我放過這個女惡魔的話，有個條件。」

條件？

剛才雷維王子的臉上瞬間閃過一抹笑意。

雖然有股不祥的預感，但我別無選擇了。

「要談條件啊。雖然很可疑，但我還是姑且聽聽吧。平常也算是受了妳的關照，我不會丟下妳不管。」

「達斯特先生……」

從昏厥狀態復活的蘿莉夢魔，用濕潤的眼眸盯著我看。

「根據我的調查，你跟愛麗絲公主視為兄長仰慕的和真先生，關係似乎很密切。」

「對啊，他是我的麻吉。」

「那你可以將和真先生的弱點和情報全部告訴我嗎？他過著什麼樣的生活，又做了些什麼，往後也希望你能定期向我回報。尤其是跟愛麗絲公主的關係，請務必詳細描述！」

「……和真的情報？」

我完全沒料到會發生這種事，忍不住如此問道。

「和真先生識破拉格克萊夫的真面目，拯救了這個國家，對我有恩。但也因為他的關係……害我失去了愛麗絲公主！」

雷維王子握緊拳頭大吼著。看他這副模樣，我將剛剛浮現腦海的那句話脫口而出。

「難道你被愛麗絲甩了嗎？明明有婚約在身耶？」

「哈嗚！」

雷維王子摀著胸口雙膝跪地。

「大膽刁民！竟敢對傷心欲絕的王子如此無禮！本來想主動取消婚事，才對愛麗絲公主冷言冷語，卻在不知不覺中對她傾心，結果馬上就被對方給甩了！請你體會一下王子的痛苦好嗎！」

「王子可是從喜歡的女性口中，聽到『我們要一直保持朋友關係喔』這種毫無希望的話語啊！你這混帳東西能理解王子的煎熬嗎！」

隨扈們對我群起圍剿，但聽到他們的護航後，雷維王子卻癱倒在地了。他受到的傷害比我還慘耶。

「別、別說了。再說下去我會受不了了……」

雷維王子壓著胸口，好不容易才站起身子。

「你沒事吧？」

「不、不必擔心我。呼……讓我聽聽你的回答吧。」

這個提議還不錯。只要將和真的情報告訴他，就能讓蘿莉夢魔獲救。

可是我——

「我不會出賣我的兄弟。對方是王公貴族的話，就更不用說了。」

我可沒落魄到要出賣摯友的地步。

「那你要拋棄這個女惡魔嗎？」

聽到王子這麼說，蘿莉夢魔嚇得全身一震。

多悽慘的表情啊。

「怎麼可能放棄。我沒興趣搶別人的東西，但很討厭別人搶我的東西。」

我搔搔頭，對王子如此放話。

「居、居然說出如此大膽的告白。可是我已經心屬巴尼爾大人了。如果從朋友做起，我倒是可以考慮……」

蘿莉夢魔似乎會錯意了，整張臉變得紅通通的。

她不停地玩弄手指，嘴裡還嘟噥著什麼話，但太小聲了，我聽不清楚。

「所以這樣如何？就用符合賭博大國埃爾羅得的方式，在賭場一較高下吧。」

「哦哦，竟然說出跟和真先生相同的提案，看來你們真的是摯友呢……好，我答應你。如果你贏了，我就釋放那個女惡魔。但你的賭注是什麼？如果雙方的賭注價值不對等，就沒有意義了。」

雷維王子壞心地一笑。似乎壓根不覺得自己會輸。

聽到我提議要一決勝負後，他的表情就變了。因為是以博弈致富的家族後裔，他才會熱血沸騰嗎？

「賭注啊。可以讓你釋放蘿莉夢魔的東西……」

在我的行李中，價值足以匹敵的物品——就只有一個。

「這把劍如何？」

將愛劍放上桌面後，我清楚看見雷維王子的臉上瞬時閃過一絲驚愕。

「你知道這把劍實際上值多少錢嗎？」

「聽你的口氣，好像已經鑑定過了嘛。我當然知道。」

我比任何人都明白這把劍的價值。正因如此，我現在才會拿出來賭。

先前他們懷疑我跟拉格克萊夫是一夥的，我就猜他們會徹底搜查我的行李。我想得果然沒錯。

「原來如此，這把劍確實無可挑剔。我就接下你的挑戰吧。」

這把寶貴的劍是那位大人賜給我的。正因為他是王族，我就想他應該明白劍的價值。看來我猜中了。

「等、等一下！達斯特先生，你的賭技不是很差嗎！明明從來沒贏過，到底是哪來的自信啊！」

「都一路輸到底了，下次搞不好會贏啊。」

「那是被賭博害得傾家蕩產的人才會有的想法！而、而且那把劍應該很珍貴吧。不管再怎麼缺錢，你也不肯放手不是嗎？怎麼能為了我這個惡魔……」

蘿莉夢魔渾身震顫地低下頭去。我將手放在她的頭上說道：

「以後妳還會繼續讓我作春夢吧？」

「達斯特先生……我超傻眼。你真的完全不懂少女心耶。這種時候請說點更加怦然心動的台詞吧。我再給你一次機會，重來一遍！」

「少囉嗦。本大爺願意出手幫忙，妳就閉上嘴好好感謝我。記得把我大顯身手的事蹟好好說給店裡的夢魔她們聽喔。」

蘿莉夢魔口出怨言，我像是要搔亂頭髮般摸摸她的頭。

「達斯特先生，你還記得嗎？女性喜歡被摸頭這件事，只是處男的妄想喔。」

「哦，我知道啊。妳之前教過我嘛。」

蘿莉夢魔過去也跟我說過同樣的話，我是在知情的情況下才做的。

她跟嘴上說的不一樣，好像很高興的樣子，是我的錯覺嗎？

「行了吧？在比賽開始前，增加一些觀眾吧。否則周圍充斥著我的聲援，實在讓人提不起勁。」

雷維王子一彈指，身後的門便應聲開啟，琳恩、泰勒和奇斯也跟著現身。

「這群人怎麼在這裡啊！」

「因為你失蹤了，他們幾個來王城和警察局問過好幾次。要是他們發現你被逮捕，進而跟阿克西斯教徒結夥的話就麻煩了，所以我把他們軟禁在旅店裡。我不想再增加無謂的亂象了。」

所以我提到夥伴們的問題時，蘿莉夢魔才會支支吾吾的啊。

我以為他們早就跟著和真一行人先回去了，根本沒想到會被關在旅店裡。

「喂，達斯特，這是怎麼回事！那個小孩子是誰，這些士兵又是怎樣啊！」

「因為你忽然失去蹤影，我們到處找你，卻被軟禁在旅店內，最後還被帶來這種地方！給我解釋清楚！」

「吶，你這次又幹了什麼好事？而且蘿莉莎怎麼穿著祭司服？我要生氣嘍，你給我從實招來。」

夥伴們衝到我身後嘰嘰喳喳地唸個不停，吵死了。

我隨便找個理由帶過蘿莉夢魔的事情。至於被關進大牢的經過，我用「因為賭輸鬧場而被逮捕。那個小孩是名門貴族，也是依麗絲的未婚夫」這個理由簡單說明之後，他們似乎接受了我的說法。

「這全都是你的錯吧？一個人默默跑去賭場也是，鬧場而被逮捕全是你的責任吧？為什麼我們會被軟禁？太奇怪了！」

「夥伴就是要互相幫忙啊。同甘共苦真是一句好話。我在牢房裡，你們在旅店裡。雖然場所各異，我們的心卻永遠相繫。」

我向夥伴們露出爽朗的笑容，他們卻對我拳腳相向。

「喂，住手！好痛！下手輕一點啊！」

我被眾人圍毆，趴倒在桌上。

這些人居然來真的……

唯一沒有出手的蘿莉夢魔，也只是基於立場，不知道該如何是好才猶豫不決而已。

「雖然不知道依麗絲的未婚夫為什麼會在這裡……吶，這傢伙的死活跟我們無關，放了我們吧。」

「達斯特，你害我們無法順利完成委託，這次我實在不能再袒護你了。看是要把這傢伙拿去煮還是拿去烤，都隨各位處置。」

「害我這麼擔心，結果卻是這種下場。乾脆讓他坐牢一年算了。」

都沒有人擔心我的安危嗎？

被逮捕的責任確實在我，鬧場的也是我，逃獄的也是我……奇怪？難道蘿莉夢魔的問題也是出在我身上嗎？

「順帶一提，我之所以會出現在這裡……是因為那個男人害我們家族經營的賭場蒙受損失。」

雷維王子或許是判斷曝露身分並無好事，於是也順著我的設定走。

「哎，你們別搞錯了。我和這小子是以釋放蘿莉莎為條件才要一決勝負。你們單純只是觀眾而已，跟我的輸贏無關。對吧，小少爺？」

「是啊。剛剛沒說清楚，如果他輸了這場比賽，無法獲釋的只有……蘿莉莎那個女孩而已。」

雷維王子觀察現場氣氛後，說出了蘿莉夢魔的假名。

「咦？等一下。這我可沒聽說。怎麼回事啊？請再說詳細一點。」

「達斯特會怎樣都無所謂，但事關蘿莉莎就另當別論了。」

「對啊。達斯特根本不重要。」

「你、你們這些人……！」

這個差別待遇是怎麼回事？

夥伴們完全不管我的死活，憂心忡忡地圍在蘿莉莎身邊。

「你的人品真是差到可悲的地步……」

終章
為那位淫魔孤注一擲

「別用那種眼神看我，我會害羞。」

雷維王子，別對我拋出看著可憐人的眼神嘛。

「那、那個，其實……」

蘿莉夢魔不停地朝我投來求救的眼神。她的抗壓性還是這麼低。

我只能隨便編個謊言，說服這群傢伙了。

「哎，沒辦法，我來說明真正的理由吧，你們過來一下。小少爺，不好意思，請你稍等一下。」

我帶著蘿莉夢魔和夥伴們，來到房間的角落。

我壓低聲音，以免被周遭聽見，接著將剛剛在腦中編出來的劇情脫口而出：

「其實有個貴族對蘿莉莎一見傾心。那傢伙為了將蘿莉莎占為己有，說謊騙了她，還藉賭博之名強迫借錢給她。正當他想騷擾還不出借款的蘿莉莎時，我偶然現身，就順勢揍了他一頓，才直接被關進牢房。」

「……你剛剛不是說，是賭輸錢大鬧現場才被抓的嗎？」

「那是因為，蘿莉莎說不出自己在賭博時跟別人借錢的事啊，對吧？」

「咦？啊，是的。我不想讓大家知道這麼丟臉的事，才拜託達斯特先生替我保密。」

她察覺到我的意圖，跟著我一起說謊。雖然事出突然，但她的演技很優秀嘛。

「可是，與其說揍了一頓……我只不過是輕輕撞了他一下而已。至於那個貴族……就是那個小鬼。」

「「「「咦？」」」」

連蘿莉夢魔都跟夥伴們一樣驚呆了。妳不要跟著驚慌啦。

「這件事我只說給你們聽。那個小鬼是依麗絲的前未婚夫，他被依麗絲甩了。為了遷怒，他才盯上嬌小又脆弱的蘿莉莎。那小鬼打算強迫蘿莉莎背負債務，把她當成依麗絲的替代品玩弄一番。對吧，蘿莉莎？」

「就、就是啊。『妳就是依麗絲的替代品！給我趴跪在地，一邊舔我的鞋底，一邊說「我依麗絲的未婚夫大人最棒了」。』正當他如此逼迫我時，達斯特先生出手拯救了我！」

哦！這傢伙好像也玩起來了。

她非常完美地配合我的謊言造假。

「太變態了！居然看蘿莉莎弱小就強逼她做那種事，同樣身為女人，我絕饒不了他！」

「這個臭小鬼。我也很想試試這種玩法耶！」

「竟然逼迫女性做出這種行為，就算對方是小孩也不能原諒！」

同仇敵愾的夥伴們，狠狠瞪向趾高氣昂地坐在椅子上的雷維王子。

……雖然把火氣煽動得有點誇張，但幸好夥伴們的心思很單純。

解釋完畢後，我帶著夥伴們和蘿莉夢魔回到座位上。夥伴們都用狠毒的眼神緊盯著雷維王子看。

「吶，為什麼後面那些傢伙一直瞪著我？」

「好像是今天的早餐很難吃，讓他們心情不太好。」

「……算了。差不多該開始賭了吧。」

「可以啊。最後再讓我確認一次。只要我贏，你就要放了蘿莉莎。如果我輸了，蘿莉莎就要淪為你的性奴隸。沒問題吧？」

「喂，你在說什……」

「「「大有問題！」」」

夥伴們在我耳邊怒喝一聲，蓋過了雷維王子驚訝的聲音。

幹嘛喊那麼大聲，害我有點頭暈腦脹。

「叫什麼叫啊。這裡交給我，你們負責在旁邊看就行了。給我閉上嘴乖乖看。」

「「「不要。」」」

只有這種時候才這麼有默契。

「你的賭技很差吧！從來沒看你贏過！我才不管達斯特會落得什麼下場，但蘿莉莎現在的處境很危險啊！」

聽到琳恩這麼說，其他兩人也用力地點點頭。

「只要有心，我也可以大有作為。就當作上了一艘安穩大船，冷靜一點吧。」

「你應該是泥船吧！」

「是滿目瘡痍的破船吧！」

「自己游泳還比較安全！」

夥伴們把我貶得一文不值，雖然我試圖說服，但沒有人願意聽我解釋。這要我怎麼一決勝負啊？

「雖然增加了未知的條件，但是無妨。既然他們說讓賭技奇差的你上陣令人不安……不如這樣吧。你跟夥伴們輪流和我對局，只要其中一位獲勝，我就放了那個女孩。我會給贏家一筆錢，當作賠罪的補貼費用。」

或許是不忍再看我們爭吵了，雷維王子說出了非常驚人的提案。

「喂喂，你認真嗎？我們有四個人耶。如果沒有四連勝，你就輸了喔。」

「我知道。我不覺得自己會賭輸。不管用什麼方法，我都不會再輸了！」

雷維王子挺起胸膛如此斷言。

自信滿滿的對手，通常都會疏忽大意，但我在他身上感受不到這樣的氣息。明明是個屁孩，雙眸中卻盈滿了決心。是我的錯覺嗎？

我正思考著這件事，蘿莉夢魔忽然來到我身邊，對我耳語道：

「我在賭場裡聽別人說過，雷維王子跟和真先生對賭時，好像輸得一場糊塗。在那之後，他就頻繁地出入賭場，在每場遊戲中屢戰屢勝呢。」

原來如此。我明白那傢伙自信滿滿的理由了。

連續敗給和真之後，他痛定思痛，不停地磨練自己的賭博技術。

「如何？你的夥伴無須提供這場勝負的賭注……因為你賭上的那把劍，已經具備充分的價值了。」

他用只有我聽得見的聲音，說出最後那句話。

原來如此，難怪他會那麼爽快地開出對我們有利的條件。

事情進展得太過順利，夥伴們反而提高了警戒，聚在一起討論起來。

「我都已經要讓步了，還需要煩惱嗎？……真受不了，之前還聽說冒險者很勇敢呢，原來只是虛有其名啊。連這種程度的冒險都要猶豫不決，真是膽小。」

雷維王子雙手環胸地睥睨著我們。

他很懂得怎麼挑釁嘛。

「哦～～就算對方是高高在上的貴族，都被說成這樣了，可不能打退堂鼓呢。」

「平常我會囑咐自己不要碰賭，但今天就先解禁吧。」

「嘿，我跟達斯特不一樣，勝率可不低喔。我會讓囂張的小屁孩哭得淚眼汪汪。」

被這種小鬼開口嘲諷，他們才不會默不吭聲。

於是所有夥伴們都決定接受這場賭局。既然能提升我方的勝率，我當然舉雙手歡迎。

2

「喂。」

我怒氣沖沖地吼了一聲。

奇斯和泰勒只穿一條內褲，低著頭跪坐在我面前。

意氣風發地接下挑戰就算了，這兩個居然馬上就被迎頭痛擊，渾身被扒個精光。

「真是奇怪～～你們剛才不是帥氣地喊出『哼！根本輪不到達斯特上場』還有什麼『就由我來為一切做個了斷』這些話嗎？為什麼現在只剩一條內褲呢？」

「哪、哪會知道連一局也沒贏啊……」

「我很少賭博，所以不太擅長……」

兩人都輸得很徹底，一場也沒贏。

他們的技術確實不強，但雷維王子這名賭徒的技巧更勝一籌。

……不對，不只是如此而已。

是雷維王子壓倒性勝利。玩卡牌遊戲時，總是能拿到最強王牌。玩輪盤遊戲時，也能百發百中地猜中球會落在哪一格。

做得也太明顯了吧。

這傢伙在耍老千。可以確定他跟荷官聯手，但肯定也在卡牌上動了手腳。

我猜大概是透過卡牌背面的細部花紋，或是其他手段，讓他不必翻牌就能知道卡牌數字吧。

為了贏過和真，我也曾經想買過這種詐欺用的道具，所以非常清楚。

接下來沒辦法識破他的手段。卡牌也已經全數回收了。

如果我猜得沒錯，雷維王子應該會如願贏得比賽。

……跟本大爺比賽，竟然敢耍老千，膽子還真不小！

「你們在這裡好好反省……之後就交給我吧。」

「「達斯特……」」

可能是深受我這句十足可靠的台詞感動，兩人盯著我緩緩開口：

「世界上沒有比達斯特更無法信任的人了！你的賭技是最差的吧！」

「如果要拜託達斯特，還不如加入阿克西斯教向神祈禱！」
「全身被扒光的喪家犬不要亂吠！」
「你說什麼！」
奇斯準備一拳揍過來，我連忙擺出防備架式。泰勒則是一步步緩緩拉近距離。
「喂，你們幾個！不要把我晾在一邊！比賽還沒結束！」
雷維王子看到我們無視他開始打起來，便朝著我們喊了幾句。
這麼說來，剩下我還沒上場，現在是琳恩正在對局。
我們暫時停手看向賭桌，卻沒看見琳恩和蘿莉夢魔的身影。
「喂，她們去哪了？」
「一下子就敗北，到休息室去了。」
「休息室？喂，琳恩跟你賭了什麼？」
我有種不好的預感。雷維王子沒回答我，只是低下頭躁動起來。
泰勒跟奇斯賭輸後只剩一條內褲。也就是說……
「你想讓她脫成全裸來侍奉你嗎！你這色小鬼！」
「真的假的！吶，達斯特、泰勒，我可以倒戈嗎？」
「別再胡鬧了。」

奇斯一臉嚴肅地胡說八道，而泰勒一拳揮向他的腦門。

只見奇斯頓時滿地打滾，感覺痛得要命。

好險，剛剛我的腦中也瞬間閃過同樣的想法。

「不要亂說！那、那種行為對我來說還太早了……而且我早就心有所屬……」

沒想到這小鬼這麼純情。

「等、等一下，妳在開玩笑吧？」

「沒問題，重要部位都遮住了。」

「都快走光了耶！蘿莉莎為什麼還能若無其事啊！」

「我習慣了。」

門後傳來琳恩驚慌失措的嗓音，以及蘿莉夢魔莫名冷靜的聲音。

接著門用力打開後，蘿莉夢魔抬頭挺胸地走了出來，琳恩則試圖躲在她的身後。

只見兩人穿著勉強遮住重要部位，宛如內衣的服裝。繼那套祭司服之後，蘿莉夢魔又被迫換裝了啊。

「唔喔喔喔喔喔喔喔！」

奇斯和王子的幾名隨扈們發出了歡呼聲。

雷維王子和泰勒同時別開視線，努力讓自己別往她們身上看。我跟奇斯當然是死命地盯著看。

「我覺得蘿莉莎看起來沒什麼新鮮感。」

「女孩子都穿上這麼羞恥的服裝了，至少開心一點吧。」

雖然蘿莉夢魔擺出害羞的動作，但這套衣服跟她平常在店裡穿的幾乎沒兩樣，當然沒什麼感覺。

「琳恩，妳也學學蘿莉莎，站到前面來啊。」

「不、不要！我現在覺得丟臉死了！」

琳恩滿臉通紅地從蘿莉夢魔身後探出頭來。

大方裸露是不錯啦，但這種害羞忸怩的模樣也不賴。

「我也覺得有點丟臉。跟平常的打扮不一樣。」

蘿莉夢魔雖然這麼說，但她似乎很高興能換下那身祭司服。

「這樣我就三連勝了。只剩你一個。」

「我都等得不耐煩了。冠軍候補即將登場。」

我一入座，琳恩和蘿莉夢魔就站在我身後。

琳恩是想把我當成掩護，藉此在對方的視線中隱藏自己的身影嗎？

我正想回頭察看時，她就用雙手夾住我的頭，強迫我轉向前方。

「咕喔喔！脖子！很痛耶！有什麼關係，又不會少塊肉！」

「才不要！要是你又想轉過來看，我就把你的眼球挖出來！」

「超可怕的。想掩飾害羞應該還有其他方法吧……不過，妳們為什麼要穿這種跟內衣沒兩樣的服裝啊？」

「那是因為琳恩小姐事前放話說『輸的人就要換上丟臉的服裝，如何！』。我只是被牽連而已……」

「琳恩，妳……」

「有什麼辦法嘛！因為對方想逼蘿莉莎做出那種可怕的事，我才想讓他也嘗嘗丟人現眼的滋味啊！」

真是的，平常還要我行事不要太衝動，說些很跩的話。結果看看她自己幹了什麼好事。

不但輸給小孩子，還被迫換上羞恥的服裝，琳恩已經丟臉到快要昏過去了。

琳恩穿得這麼暴露，讓我看是無所謂，但讓其他人繼續看下去，我就覺得很火大。還是趕快結束比賽，讓她換回原本的衣服吧。

我脫下自己的外套披在琳恩身上後，重新面向雷維王子。

「抱歉，讓你久等了。決戰開始吧。」

「前幾局都一下子就分出勝負，實在太無聊了。你可以讓我嘗點樂子吧？」

連勝三場的雷維王子完全得意忘形了。也對，畢竟他耍老千，當然會贏。

這場比賽跟以往的賭局不同，絕對不能輸。我想用對我有利的遊戲項目來決勝負。

「如果這時候巴尼爾大人在場，肯定就能靠透視未來的雙眼奪得勝利了。」

我也同意蘿莉夢魔輕聲低喃的這句話。

如果能請老大幫我占卜獲勝的方法，就算我運氣再差，也能百發百中地抽到必勝牌。

「可是，如果為了私慾動用老大的力量，似乎不會有什麼好下場。我之前也跟老大提議過，靠他的能力在賭局中賺錢應該比較快，他才告訴我這件事。」

如果可以洞悉未來，絕對能贏得勝利。但這個世界沒這麼簡單。

不過，我也覺得這種時候有老大的力量就好了……老大的力量？

「對了，老大在占卜時說了什麼啊？我記得是非常重要的話……」

「還沒決定嗎？」

雷維王子不耐煩地催促道。

跟蘿莉夢魔討論時花了一點時間。

「……比賽方式，用卡牌來決勝負如何？」

「我就聽聽你的說明吧。」

「規則非常簡單。將標註為一到十三的卡牌放在牌桌上，雙方各抽一張，由數字大的那一方獲勝。但是最強的十三號，唯獨會輸給最弱的一號。怎麼樣，連白痴都聽得懂吧？」

我拿起手邊的卡牌洗了一會兒，將十三張牌放在桌面上。

我的說明結束後，雷維王子雙手環胸，緊盯著牌面看。

「要比幾場？」

「像個男子漢，一局定勝負吧。」

「好。抽一張就行了吧？」

他稍稍煩惱了一會兒，但很爽快地選了一張牌。

接下來輪到我了。

我偷偷朝身後的蘿莉夢魔瞥了一眼。

只見她閉上眼雙手合十，正在拚命祈禱。惡魔會向誰祈禱啊？讓我有點在意。

如果能讓我獲勝，我當然可以向阿克西斯教徒崇敬的阿克婭女神祈禱，但肯定會徒勞無功吧。再說，要祈求幸運的話，應該向艾莉絲女神祈禱比較有用。

「都見過本人了，向祂祈禱說不定有效……但還是算了。」

我的運氣奇差無比。

雖然很不甘心，但是賭技也很差。

這樣的我要向女神祈禱，也已經太遲了。所以……

「我選這張！」

我將手放在選擇的卡牌上。

只能憑實力奪取勝利了！

「就由我先翻牌吧。行嗎？」

「你先請。」

雷維王子翻過來的牌面數字是——十三。

看到這張牌後，雷維王子勝券在握地露出壞心又游刃有餘的笑容。

這樣就能確定雷維王子耍老千了。我就算指出這一點，他也只會佯裝不知情吧。

「喂喂，達斯特！這下慘了！」

「奇斯，不要驚慌。學學泰勒乖乖待在一邊。」

泰勒在地板上盤腿而坐，默默地觀看著情勢發展。

「可、可是，對方抽到最強的十三耶！你只能從剩下的十二張裡面抽到一才能贏！你知道機率是多少嗎？是十二分之一耶，喂！」

「你的運氣本來就很差了，還以為能贏嗎？」

奇斯和琳恩一左一右地包夾我，口沫橫飛地吠個不停。

至於剩下的兩個人在做什麼呢？泰勒不發一語地向神祈禱，蘿莉夢魔則緊閉雙眼，朝天花

終章
為那位淫魔孤注一擲

板仰起頭。

這些傢伙……根本不信任我嘛。

我將夥伴們嘰嘰喳喳的雜音拋諸腦後，將雙手環在胸前緊盯桌面，幻想著後續的發展。

只有真正的賭徒，才會在走投無路的狀態下打出逆轉勝。

我做了個大大的深呼吸，鎮定心神後並揚起視線，就跟那個因為勝券在握笑得一臉狂妄，完全不可愛的小鬼四目相交。

真想看看那張跩到極點的臉哭泣的模樣。

「怎麼，你怕啦？如果當場下跪接受我的要求，我也可以重新考慮喔。」

「喂喂，誰會做那種沒出息的……」

「好了，下跪吧！快點將額頭抵上地板，向他獻殷勤！這樣一來蘿莉莎就能得救，真是太划算了！」

「哎呀，這笨蛋給您添麻煩了。快點下跪，用舌頭把小少爺的鞋子舔得亮晶晶！」

「混帳王八蛋，不要妨礙我！」

琳恩和奇斯抓著我的後腦勺，想強迫我低下頭去。

想盡辦法甩開他們後，其中一名看似王子護衛的人抓住試圖妨礙比賽的奇斯，將他拉到泰勒身邊。

「喂，幹嘛！給我放開……啊，不是，我反對暴力。」

奇斯本來想抵抗，但被凶神惡煞的護衛狠狠一瞪，就變得百依百順。

最關鍵的蘿莉夢魔淚眼汪汪地跑了過來。

「對方抽到最強的牌了耶！不就擺明要輸了嗎？已經沒有勝算了！」

她抓著我的脖子用力地搖晃。

「妳想殺了我啊！還不一定會輸吧。」

「可是、可是，十三是最強的牌啊。怎麼可能贏呢！」

「妳剛剛有聽規則嗎？十三確實是最強的牌，但有唯一一張牌可以贏過它。」

聽我這麼一說，她似乎回想起來了。那張哭哭啼啼的臉變得有些呆滯。

「這我知道呀。能贏過最強牌面的，就是最弱的一……啊，最弱！」

蘿莉夢魔好像想起那個占卜內容了，她用瞪大到極限的雙眼凝視著我。

「我沒有受到幸運女神的眷顧。但是相對地……有個大惡魔在為我撐腰啊！」

我信心滿滿地翻開的那張牌——正是最弱的一。

「什、什麼！居然抽到一！」

原本篤定自己會贏的雷維王子從椅子上站起身，指了指那張牌，又無力地癱坐下來。

當雷維王子抽到十三時，我就確定自己會贏了。畢竟比賽結果早在一開始就確定了。

勝利的關鍵，就是巴尼爾老大的占卜。

『汝似乎註定會在關鍵勝負中抽到最弱的手牌！』

回想起這句話的瞬間，我就想到要用這種方式定勝負。

也就是說，我早就註定會抽到最弱的卡牌了。根據前面幾場比賽，我猜雷維王子一定會耍老千抽取最強卡牌，準備把我打得體無完膚。

這樣一來，我只要訂下可以靠最弱卡牌取勝的規則就好了。

謝謝你，巴尼爾老大！

「太好啦！」

我將拳頭高舉向天，回過頭去……夥伴們都笑容滿面朝我衝了過來。

「這傢伙真的成功了！」

「居然在最後的最後帥氣取勝！」

「太棒了，幹得好，達斯特！」

「呀啊啊啊啊！好厲害，達斯特先生太厲害了！」

蘿莉夢魔感動萬分地伸手環住我的脖子，緊緊抱住我。

雖然她的身材毫無起伏，但因為服裝近乎全裸，柔軟的觸感依舊透過衣服傳遞而來。

「如果再有料一點，我就會樂翻天呢。」

「你說什麼？」

「呃，沒事。」

她笑得好恐怖，我還是假裝不知道好了。

「我又輸了啊。本來不惜耍老千也想取勝，結果還是贏不了和真先生的朋友……乾脆禁止國內的賭博風氣好了。」

完全喪失自信心的雷維王子，趴在桌面上一動也不動。

「這樣讓我覺得好像在霸凌小孩子一樣，罪孽深重耶。賭博這種事本來就要憑運氣啦。別這麼沮喪。」

雷維王子的模樣實在太悲慘了，我忍不住開口安慰他。

這麼說來，他跟和真對賭時，好像也輸得一塌糊塗。

我覺得他好可憐，於是將手放上蘿莉夢魔的肩膀，將她拉離夥伴身邊。

「喂，安慰他一下吧。我教妳一句魔法咒語，可以讓灰心喪志的男人瞬間變得神采飛揚。」

我把那個方法告訴蘿莉夢魔後，她剛剛對我讚許有加的態度頓時一掃而空。

她用無話可說的表情直盯著我看。

「我好歹也是個夢魔，這點程度對我來說不成問題。真拿你沒辦法，就讓你見識見識我的功力吧。」

只見她態度驟變，帶著自信滿滿的笑容走到王子身邊。

「小少爺，小少爺。」

「幹嘛？我已經赦免了妳的罪，妳想去哪就去哪吧。不論結果是贏是輸，我本來都打算要釋放妳的，但在這種狀況下說這些話……只像是不服輸的表現罷了。」

雷維王子一臉茫然地抬起頭。蘿莉夢魔向他露出一抹微笑，做出手臂緊緊夾胸的姿勢。

「你還好嗎？請打起精神。要不要揉我的胸部？」

灰心喪志的時候，只能靠胸部撫慰了！

對付這種正值思春期的小鬼頭，這種誘惑應該會有出奇之效。

「……那種大小根本不值得揉。」

「……唔！」

「喂、喂，你這混帳，那可是禁語啊。」

這句話實在殘酷至極，導致蘿莉夢魔再度眼角噙淚，準備一拳揍向雷維王子。於是我連忙從她身後架住她。

「快住手！要是揍了這傢伙，事情會一發不可收拾啊！」

「連小孩子都不把我當一回事！連小孩子都不把我放在眼裡！嗚哇啊啊啊啊啊啊！」

我連忙將哭著拚命抵抗的蘿莉夢魔拉離現場。

尾聲

「但沒想到居然能逆轉勝。到現在還不知道為什麼會贏耶！算了啦，呀哈哈哈哈哈！」

興高采烈的奇斯舉起注滿酒的啤酒杯。

「「「乾杯！」」」

我們也舉起啤酒杯慶祝勝利。

這裡是埃爾羅得的酒吧。我們正在舉辦慶功宴。

比賽結束後，我們拿到一大筆賠償金，足以補償委託失敗沒拿到的費用。

多虧有這筆錢，我才能和伙伴們好好享受埃爾羅得的最後一晚。

「不過，你的運氣這麼差，真虧你能贏耶。」

「我看只有狗屎運很強吧！」

其實都是拜巴尼爾老大的占卜所賜，但沒必要說出口。

「所以是靠我天才般的頭腦才會贏！」

「好啦好啦，就算是偶然，只要贏了就好。」
「這次就稱讚你一下吧。以達斯特來說，表現已經算不錯了！」
「是啊，贏得漂亮。」
夥伴們全都不肯坦率地稱讚我，但今天就原諒他們吧。因為我的心情超好的嘛！

隨後，我們一路喝到半夜，夥伴們都直接醉倒了。
我走出旅店，想要順便醒酒。
「哦，今天是滿月啊。」
又大又圓的月亮高掛在空中。
夜晚的風拂過因為酒醉而熱燙的身體，感覺好舒服。
「月亮很漂亮吧。」
「妳在幹嘛？」
我回頭往上看，發現蘿莉夢魔坐在旅店的屋頂上，低頭看著我。
她穿著平常在店裡常見的夢魔裝扮，露出嬌豔欲滴的笑容。性感的模樣簡直判若兩人，讓我看得有點入迷。

「達斯特先生，你知道嗎？每逢月圓之夜，夢魔的興致就會無比高昂，興奮難耐呢。」

她從屋頂上輕飄飄地飛落在我眼前。

接著依偎在我的胸膛，並將手指攀上我的臉頰。

「你為什麼不惜賭上那把重要的劍，也要一較高下呢？比起劍，難道你更重視我……」

蘿莉夢魔用水潤的雙眸盯著我，那雙眼中倒映出一輪滿月。

我輕輕抓著蘿莉夢魔的肩膀，將她的身體往橫一倒。

「嘔嘔嘔嘔嘔嘔嘔嘔嘔嘔嘔嘔。」

大概是醉到極點了，蘿莉夢魔口中湧出大量的嘔吐物。

「耍酒瘋耍得太離譜了吧。喝了那麼多酒，又做出這種反胃的行為，一定會吐啊。」

「對噗起……」

我輕撫她的背，讓她把所有嘔吐物都吐出來後，本來想直接將她扛起來，卻忽然打消了念頭。

我將手穿過她的後背與膝蓋後方，溫柔地將她抱了起來。

「咦？達斯特先生？」

雖然沒能完成守護公主殿下的委託，但唯獨此時此刻，我就把妳當公主殿下對待吧。

後記

真的萬萬沒想到能寫到第四集。

我越寫越覺得達斯特這個角色充滿了令人愛不釋手的魅力，添加一點渣男的言行舉止也不成問題。身為一名寫手，我覺得很有意思，每次都能肆無忌憚地大寫特寫。

雖然第三集的內容都圍繞在愛麗絲身上，但第四集是以「愛麗絲與和真一行人前往埃爾羅得時，如果達斯特他們在暗中監視會發生什麼事？」這個構想來發展，應該可以從第三者的視角，再次確認他們的行為有多離譜。

除此之外，明明是達斯特的夥伴，卻沒什麼存在感的泰勒和奇斯，我這次也為他們增加了戲份。敬請期待兩位的活躍（？）表現。

說到戲份，據說在《美好世界》中堪稱首屈一指的那位變態這次也會登場。原本預計在第二集就要讓他上場，但阿克西斯教徒就已經夠瘋狂了，再加上他的話，達斯特他們的存在感就會被完全吞噬，我才有所收斂。

因此他在第四集中大鬧了一場。我非常喜歡這個角色，總是很希望能找機會讓他登場，所以這次真的很開心。

對了，第四集也不能忘記蘿莉莎，也就是蘿莉夢魔喔。她在各方面都很努力。這個角色跟達斯特搭檔時比較容易發揮，因此我也很喜歡她。

關於第四集的內容就此擱筆吧。我想跟各位分享一件事。那就是我有幸參與了廣播劇ＣＤ的錄音事宜！

哎呀～我對配音員的現場演技感到萬分欽佩，從頭到尾都深受震撼呢。

真是的，達斯特根本就是達斯特，琳恩跟琳恩像到驚人的程度，蘿莉夢魔就是可愛的蘿莉夢魔，泰勒是木頭人泰勒，奇斯就是個囂張的奇斯！（欠缺語彙能力）

我因為太過緊張，完全不記得自己說了些什麼，但確實得到了寶貴的經驗。

曉なつめ老師每次都讓我自由發揮，真的萬分感謝。執筆途中我忽然想到一件事。拉格克萊夫消失後，埃爾羅得的國運應該會衰退吧……雷維王子加油！

三嶋くろね老師，《美好世界》第十四集的芸芸插圖真是太美了！和真等主要角色當然也很棒，但能見到在《笨蛋》中經常登場的芸芸，我覺得好開心。

憂姫はぐれ老師筆下性感又可愛的插圖，每次都讓我十分滿足！雖然巨乳也不錯，但此時此刻的我，覺得像蘿莉夢魔那種樸實無華的胸部也很棒。

拜見三嶋くろね老師在新刊中繪製的插圖，讓我忍不住竊笑起來。現在居然還有幸看到憂姫はぐれ老師為本書繪製的插圖，簡直幸福得無與倫比。

スニーカー編輯部的各位，本次作品難產時幫了我許多忙的M責編，經手本作的相關人士，以及為廣播劇CD注入生命力的所有人，真的非常謝謝大家。

最後，為讀完第四集的每位讀者獻上由衷感謝！

昼熊

沒想到穿上修道服
反而讓她更害羞…
很高興有機會畫出
各式各樣的蘿莉莎。

憂姫はぐれ

恭喜《笨蛋》第四集上市！
繼漫畫版之後，
居然還推出了廣播劇CD！
我、我會努力不讓本篇
被這股氣勢壓倒……！

暁 なつめ

恭喜第四集上市!!
這次居然還有廣播劇，
終於聽見琳恩的聲音了！
《笨蛋》中可以看見在本篇裡
無緣見識的達斯特活躍表現，
はぐれ老師的精美插圖
也讓人大飽眼福呢！

三嶋くろね

本田小狼與我 1~2 待續

Kadokawa Fantastic Novels

作者：トネ・コーケン　插畫：博

機車 × 少女
蔚為話題的青春小說獻上第二集！

季節交替，南阿爾卑斯山麓所吹的風日漸變冷。凍僵的手指、難以發動的引擎、令肺部凍結的逆風以及積雪的道路——小熊和同為機車騎士的禮子，一同向季節的考驗挑戰。此時同班同學惠庭椎開始在意起小熊……少女與機車既嚴峻又快樂的冬天即將揭幕！

各 **NT$200/HK$65~67**

國家圖書館出版品預行編目資料

為美好的世界獻上祝福!EXTRA 讓笨蛋登上舞台吧!. 4, 逢賭必輸的賭城風雲 / 暁なつめ原作 ; 昼熊作 ; 林孟潔譯 . -- 初版 . -- 臺北市 : 臺灣角川 , 2020.01-
面 ; 公分 . -- (Kadokawa fantastic novels)
譯自 : この素晴らしい世界に祝福を!エクストラ あの愚か者にも脚光を!. 4, 常敗無勝のギャンブラー
ISBN 978-957-743-500-2(平裝)

861.57 108019510

Kadokawa
Fantastic
Novels

為美好的世界獻上祝福！EXTRA

讓笨蛋登上舞台吧！ 4

逢賭必輸的賭城風雲

（原著名：この素晴らしい世界に祝福を！エクストラ あの愚か者にも脚光を！ 4 常敗無勝のギャンブラー）

2020年1月31日 初版第1刷發行

作者：昼熊
插畫：憂姫はぐれ
原作：暁なつめ
角色原案：三嶋くろね
譯者：林孟潔

發行人：岩崎剛人
總經理：楊淑媄
資深總監：許嘉鴻
總編輯：蔡佩芬
主編：朱哲成
美術設計：李思穎
印務：李明修（主任）、張加恩（主任）、張凱棋

發行所：台灣角川股份有限公司
地址：105台北市光復北路11巷44號5樓
電話：（02）2747-2433
傳真：（02）2747-2558
網址：http://www.kadokawa.com.tw
劃撥帳戶：台灣角川股份有限公司
劃撥帳號：19487412
法律顧問：有澤法律事務所
製版：尚騰印刷事業有限公司
ISBN：978-957-743-500-2
